JULIO MARÍA SANGUINETTI
El temor y la impaciencia
Ensayo sobre la transición democrática en América Latina

JULIO MARÍA SANGUINETTI
El temor y la impaciencia

Ensayo sobre la transición democrática en América Latina

FONDO DE CULTURA ECONÓMICA
Buenos Aires-México-Madrid

Primera edición, 1991

El temor y la impaciencia. Ensayo sobre la transición democrática en América Latina

© 1991, FONDO DE CULTURA ECONÓMICA, S.A. DE C.V.
Av. de la Universidad 975; 03100 México
Suipacha 617; 1008 Buenos Aires

ISBN: 950-557-122-4

Impreso en Argentina - Printed in Argentina
Hecho el depósito que previene la ley 11.723

A MODO DE PRÓLOGO

LAS CIRCUNSTANCIAS políticas condujeron al autor de este ensayo a ser protagonista, en el Uruguay, del proceso de búsqueda de una salida democrática luego de la dictadura que en 1973 había quebrado la tradición institucional del país. Alcanzada la elección, en noviembre de 1984, la ciudadanía nos confió la responsabilidad de conducir el gobierno en el período de reconstrucción democrática. Era imprescindible restaurar los hábitos políticos y sociales, lograr nuevamente un funcionamiento institucional fluido, reactivar una economía por entonces postrada y administrar las tensiones propias de una posdictadura, con toda la acumulación pasional que ello implica. Fueron cinco años de un enorme esfuerzo, iniciados con una gran esperanza y terminados con una inmensa tranquilidad. Los vivíamos al lado de procesos análogos en Brasil y Argentina, en el contexto latinoamericano de la crisis de la deuda externa. Y los culminamos entregando un país pacífico y pacificado.

Muchas opiniones se han vertido sobre el modo como se condujeron los negocios públicos, pero no se ha discutido el éxito de la transición uruguaya, asentada en un clima de estabilidad. La curiosidad periodística ha recaído siempre en interrogarnos sobre las claves de ese proceso y las alternativas vividas; por su parte, el interés académico se ha centrado en el análisis más meditado de los factores institucionales, económicos o militares. Todo ello nos ha motivado a escribir algunas reflexiones sobre la experiencia uruguaya, comparada con la de otros países de América Latina. Sabemos que en esta materia no hay generalizaciones posibles, por lo que no hay tesis dogmáticas. Pero las analogías de situaciones permiten encontrar a veces inspiraciones comunes o errores parecidos.

No se trata de un libro histórico ni de una crónica. Mucho menos de una memoria (sólo creemos en las memorias póstumas o los soliloquios de jubilado). Pretendemos, sí, aclarar algunos conceptos y sobre todo trasladar posibles conclusiones de nuestra experiencia. El propósito es que sean útiles para quienes asumen responsabilidades políticas en períodos de transición, así como para los ciudadanos conscientes que se preocupan por estos temas. También confiamos en que interesen a la comunidad académica, a la que tratamos de contribuir con las meditaciones de alguien que sólo ha tenido tiempo de reflexionar sobre el potro después que tuvo que montarlo.

JULIO MARÍA SANGUINETTI

Montevideo, setiembre de 1990

EL ESPÍRITU DE LOS OCHENTA

> La sociedad se ha enriquecido, autonomizado, ella
> ha devenido a la vez más individualista y más uni-
> forme, o, para decir las cosas en negativo, menos
> aristocrática y menos revolucionaria.
>
> FRANÇOIS FURET

EL BICENTENARIO de la Revolución Francesa se ha celebrado con un triunfo clamoroso de sus ideales liberales frente a la utopía marxista que los combatió durante el último siglo. La caída de la Bastilla, episodio simbólico de la Revolución, tiene su par, simétrico y augural, en la caída del muro de Berlín, epílogo wagneriano para los regímenes comunistas de Europa del Este.

También los años ochenta han sido tiempo de democracia para América Latina. Desde la Independencia, nunca antes hubo más sistemas republicanos democráticos. La solitaria excepción cubana aparece más insular que nunca cuando el régimen sandinista de Nicaragua en un extremo y el del general Pinochet en el otro culminan en aperturas democráticas, coronadas por elecciones libres.

Así como Europa del Este inicia una etapa de transición pasando de las autocracias marxistas a sistemas democráticos, en América Latina los autoritarismos militares ceden el paso a gobiernos republicanos electos por el pueblo. Naturalmente en Europa el cambio es más profundo pues trasciende el ámbito político: se trata de retornar a la economía de mercado luego de una experiencia colectivista, con modificaciones revolucionarias hasta en el régimen de propiedad. En América Latina, con la excepción parcial de Nicaragua, que venía de un sistema marxista, el desafío es construir —o reconstruir— un estado de derecho de naturaleza democrática, a partir de la elección libre de autoridades.

Los economistas han hablado de la "década perdida" por las tribulaciones económicas que impidieron crecer a nuestro hemisferio. Es una visión pesimista que no considera el advenimiento de la democracia, con su nota de esperanza. El aire de los tiempos ha cambiado. Una civilización crecientemente urbana exhibe el vigor dinámico de ciudades modernas donde conviven los nuevos rascacielos con los sectores marginales que esa marcha va dejando rezagados. Las clases medias asumen un afán de participación que democratiza la vida social aunque a la vez cuestiona el sistema de instituciones políticas. Irrumpe la sociedad de consumo, diversificando la producción pero inaugurando la neurosis de "tener". Las ideologías ceden; sus esquemas aparecen envejecidos. El pueblo está fatigado de eslóganes y guerrillas mesiánicas. Las revoluciones están esclerosadas. Los "nuevos órdenes" militares también. Empieza nuevamente a abrirse paso, trabajosamente, la idea de que el individuo humano, singular y concreto, es el corazón de la democracia y que ya no se le puede dar la droga milagrosa de la felicidad en sistemas prefabricados.

Este proceso significó, desde el fin de año de 1983 a 1985, el acceso a la democracia en la Argentina, Uruguay y Brasil, por su orden. El método fue diferente en los tres casos:

• Uruguay se reencontró con la democracia en una elección, luego de un largo proceso de negociación de cuatro años, que incluyó un referéndum constitucional y una elección interna de los partidos de carácter nacional.
• Argentina abruptamente se abrió a la democracia luego de la caída del régimen militar por la derrota de Malvinas. No hubo negociación previa y el presidente-general derrotado le entregó el poder a otro general para que simplemente presidiera la realización de elecciones.

- Brasil emergió democratizado de una elección indirecta dentro del sistema concebido por el régimen militar para abrir el período de transición interna con un presidente civil electo por un Parlamento donde predominaban las fuerzas adictas al régimen. Una feliz combinación política de Tancredo Neves (nucleando la oposición con José Sarney, de la bancada oficialista) armó inesperadamente una fórmula que dio la Presidencia a la oposición democrática.

En el plano militar, las alternativas de la transición también fueron distintas en los tres países: mientras Brasil y Uruguay transitaron sin mayores turbulencias los problemas de la reinserción militar, la Argentina no tuvo tregua en los pronunciamientos, rumores y rebeliones que amenazaron constantemente la estabilidad del gobierno democrático.

Paralelamente, las evoluciones económicas tampoco fueron análogas. Brasil mantuvo una dinámica de crecimiento liderada por espectaculares exportaciones, pero la inflación fue creciendo y terminó en hiperinflación. Al mismo tiempo, llegaba también a la hiperinflación la Argentina, después de años de inestabilidad y estancamiento en su producto nacional. El Uruguay, por su parte, sostuvo un ritmo de crecimiento los cinco años y previsibilidad en sus variables económicas, registrando tres años de descenso sostenido de la inflación y dos de aumento, aunque sin descontrol.

Sobre el final de la década, los años 1989 y 1990, un poco inesperadamente, nos trajeron la reapertura en Paraguay, Nicaragua y Chile.

- En Paraguay, el cambio se produce a raíz de un golpe de Estado dentro mismo del sistema. Cuando muchos observadores especulaban con que se trataba nada más que de un relevo militar, el general Rodríguez abre al país hacia la democracia, mediante elecciones y una liberalización sin precedentes.
- En Nicaragua se llega a las elecciones a que el sandinismo

se había comprometido. La derecha, que tanto en Nicaragua como en el resto de América Central insistía en que los sandinistas incumplirían su promesa, se vio sorpresivamente defraudada. A su vez, la izquierda, tanto adentro como afuera, atribuladamente recibió el impacto de un triunfo electoral de la oposición que ni en hipótesis estimaba posible.

En Chile, el régimen del general Pinochet cumplió su promesa de apertura y luego de perder el referéndum constitucional llegó a las elecciones en un clima de libertad.

Tampoco en los tres casos se ha dado la misma evolución militar. En Paraguay, la nueva situación contó con respaldo, pues la apertura nace de adentro mismo del Ejército. En Nicaragua y Chile se da la particularidad de gobernantes civiles que deben realizar su transición con ejércitos politizados, comandados por sus anteriores jefes y que no sólo mantienen su unidad castrense sino también la representación de un sector muy relevante de opinión pública.

Asimismo, económicamente, recorren caminos diversos. En Chile el nuevo gobierno da seguridades de mantener el país en la línea en que lo encontró, con una economía muy abierta y en vigoroso crecimiento. En Nicaragua, una economía destrozada debe, además de reactivarse, cambiar sus fundamentos pasando de una colectivización asfixiante y apresurada a la restauración de la economía de mercado.

Cuando hablamos de transición lo hacemos en el sentido de un período en que las instituciones democráticas restauradas deben convivir con sobrevivencias y problemas del período *de facto*. Estrictamente, transición sería aquel momento de pasaje de la situación *de facto* al reconocimiento del estado de derecho, pero ese criterio resulta demasiado formalista y limitado en el tiempo. De ahí que, en un sentido más amplio, la consideramos como un esfuerzo de reconstrucción que va sorteando los obstáculos heredados.

Estamos demasiado cerca de los hechos para poder mirarlos con suficiente perspectiva histórica. Algunas de esas transiciones recién han comenzado y, probablemente, tengan que atravesar momentos de dificultad análogos a los que soportaron las anteriores o a aquellos que —antes aún— devolvieron la democracia a países como Bolivia, Perú o Ecuador, o deban pagar el estipendio que todavía solventan las democracias centroamericanas, restablecidas en medio de la violencia y la crisis.

Los politólogos realizan ya una importante labor de análisis y esclarecimiento. A ella cabe añadirle la experiencia de quienes hemos tenido protagonismo en estos procesos, asumiendo las responsabilidades dentro de los límites impuestos por una realidad siempre mucho más exigente y compleja que la doctrina. Sin sopesar los condicionamientos económicos o los estados de opinión, los riesgos que se viven y que muchas veces hay que ocultar para no sembrar la alarma pública, desde lejos resulta muy difícil alcanzar plena conciencia de su extrema complejidad.

El destino dramático de un gobierno democrático es que lo que se evita no se ve. Sólo se juzga aquello que ocurre. Pero lo que se logró eludir, y va de esta forma construyendo la paz, suele no advertirse porque no ha estado en la experiencia de la gente. Contornear el conflicto, apaciguar ánimos, ir pacientemente logrando que todos los actores vayan desempeñando su papel y ocupando su espacio, construir un clima económico de confianza y tranquilidad, alcanzar un estado tácito de opinión en el que se desvanece el fantasma del golpe de Estado, constituyen objetivos que, cuando se conquistan, miden el éxito de una transición. Sin embargo, no siempre son apreciados de inmediato; únicamente cuando vuelven a verse comprometidos se valorizan en su real dimensión.

A pesar de esta perspectiva deformada que recibe la sociedad de ese quehacer que aparenta un "no hacer", el hombre de Estado ha de persistir en el esfuerzo. El resultado de un país pacificado será para todos, gobernantes y gobernados, la mayor recompensa.

PSICOLOGÍA DE TRANSICIÓN

Yo soy yo y mi circunstancia, y si no la salvo a ella,
no me salvo yo.

JOSÉ ORTEGA Y GASSET

LAS TRANSICIONES dependen de la administración de dos sentimientos: el temor y la impaciencia. El temor de quienes se alejan, la impaciencia de quienes están llegando. Aquéllos están dando el paso de renunciar más o menos presionados por las circunstancias, pero asumiendo el riesgo que representa ese acto que muchos de sus compañeros ven como una claudicación o una ingenuidad. Los otros viven la euforia triunfalista del retorno democrático y ello insufla su ánimo, excitado por un entorno que todo lo reclama y "ya".

No debe confundirse el temor de que hablamos con un miedo ominoso o paralizante. Lejos de ello. En la mentalidad militar hay un tradicional culto al coraje, propio de una formación intelectual y espiritualmente concebida para la guerra. Ha de presumirse siempre que el militar posee una disciplina del carácter en la cual el orgullo y la vergüenza superan la natural parálisis del miedo. La cuestión es que esos militares están actuando fuera de su ambiente, en un escenario político donde se sienten forasteros, pese a hallarse inmersos en él. Lo desconocido les crea inseguridad y ello se acentúa con la desconfianza hacia la dirigencia política que comienza a aparecer del otro lado de la cerca.

En estas situaciones desempeñan normalmente un papel relevante de influencia los entornos civiles y familiares. En ellos suele encontrarse un empecinado factor de resistencia, a veces enconada. Se trata de quienes han hecho carrera política en la situación *de facto*, quienes han sido promovidos

15

en la administración, quienes han sustituido a los cuadros anteriores, algunos empresarios que se han beneficiado o simplemente disfrutan de la comodidad de un gobierno que domina al sindicalismo y lleva a cabo una política económica sin concesiones a la opinión pública. Todos ellos temen perder posiciones o ser víctimas de actitudes revanchistas.

A la situación de transición los militares han llegado luego de un proceso interno de debate. Sólo circunstancias muy excepcionales podían generar una insólita unanimidad. En el caso uruguayo medió un largo lapso durante el cual fue madurando la idea de llegar a la apertura, pero con garantías que preservaran la institución de los ataques —sentidos como inevitables— de sus enemigos de siempre o de políticos apasionados por los años de enfrentamiento. En una situación así resulta siempre muy cómoda la posición militar de quien advierte sobre los riesgos que corre la institución al dejar el poder y ubicarse en posible víctima de las revanchas. Muy difícil en cambio será la de quienes defienden la idea de la apertura, sea por convicción democrática, sea por considerar agotado el tiempo histórico de su régimen, sea por creer que es el mejor modo de preservar la institución militar de los males propios del poder absoluto, o bien por una variada mezcla de todas esas razones.

La dinámica de los hechos va dejando a unos con la comodidad de la crítica, dueños de la carta del reproche ante cualquier traspié, y a los otros con el peso de una responsabilidad creciente. Es natural que éstos sientan, entonces, el razonable temor de cualquier persona racional frente a una decisión difícil, y que los otros lo exacerben aun más con el tono admonitorio que preconstituye la prueba para un eventual ajuste de cuentas.

En el medio político, una evolución paralela va separando a quienes apuestan a la caída del régimen sin negociación ni transacción y quienes desean aprovechar las circunstancias para salir cuanto antes, aun a costa de algunas concesiones. También en este campo la actitud radical es más cómoda: se toma una posición principista con intransigencia y se espera el milagro; mientras tanto, se acusa —más abierta o más solapadamente— de continuistas o acomodaticios a quienes asumen la difícil responsabilidad de cruzar el campo minado para encontrar una solución al conjunto de la nación.

Para estos momentos no hay recetas prefabricadas ni fórmulas mágicas. Como en toda negociación política, la apreciación del poder de regateo que cada sector tiene depende de las circunstancias. Después de la derrota de Malvinas, el gobierno militar argentino carecía de fuerza política y hasta psicológica, y ello habilitó una salida prácticamente sin negociación. Por su parte, el gobierno chileno del general Pinochet, con una situación económica de crecimiento y unidad militar, poseía una gran fuerza que le permitió incluso la permanencia del ex presidente como comandante en jefe del Ejército. En cambio, en el Uruguay, la situación económica deteriorada y el agotamiento de la misión que las propias Fuerzas Armadas habían definido para su intervención disminuían su poder. Sin embargo, ellas mantenían un claro control militar de la situación que las habilitaba para permanecer en el poder mucho tiempo más. El debate fundamental se trasladaba entonces al seno de las Fuerzas Armadas donde era imprescindible que la mayoría comenzara a entender que esa permanencia sólo iba a significar desgaste para la institución y ninguna solución para el país.

Siempre resulta difícil asumir la "circunstancia" orteguiana. El político se ha soñado a sí mismo como el gran constructor de un mundo de ideales generosos y ahora tiene que transar con una realidad llena de miserias. El militar quiso para sí la misión redentora del salvador y, ahora, perdido el espacio del heroísmo, debe pactar con los que aspiró a sustituir. El desafío existencial no está sólo en la toma de conciencia de esa "circunstancia" sino en "salvarla" para poder "salvarse", lo que suele no meditarse cuando se cita al maestro español. A partir de la realidad y su reconocimiento, nuestros ideales deben traducirse en un proyecto para la acción, nunca en una resignación paralizante.

Lo fundamental es, como siempre, tener claros los fines. Si, para los políticos, éstos están en la restauración democrática plena, con las menores concesiones posibles en el tiempo de transición, y para los militares están en preservarse de actitudes revanchistas o de un poder político que modifique sus reglas de juego interno, el esfuerzo debe orientarse a conciliar ambas visiones.

Desde ya, los militares tienden siempre a una actitud autonómica que apunta a no estar subordinados al gobierno, aun cuando expresamente no lo digan y aun cuando a veces tácitamente no lo adviertan. A la inversa, los políticos procuran tener las manos libres, sin limitaciones de clase alguna, retornando sin más trámite al día previo al golpe de Estado. A ambos hay que convencer de que en forma extrema ello no es posible y que sin concesiones recíprocas, fundamentalmente sin garantías recíprocas, no hay solución durable.

El problema está en el recelo. Los militares temen que los políticos los dividan y manejen las designaciones de mandos y ascensos con criterio partidista; temen que se inicien investigaciones por excesos cometidos en el pasado; temen que los líderes con quienes hablan y eventualmente pactan, después no puedan controlar la situación aun cuando actúen de buena fe. A su vez, los políticos temen que los militares se mantengan enquistados en su organización y con capacidad para retornar en cualquier momento; temen que si no hay juicios o investigaciones sobre los excesos anteriores se consolide una psicología de impunidad; temen que influyan excesivamente en cierta clase de materias como la sindical o el orden público.

Para que haya un entendimiento es preciso superar el recelo recíproco. Mientras el político siga viendo un golpista solapado detrás de cada militar y éste en aquél un subversivo o acomodaticio incapaz de luchar con moral contra los enemigos del sistema, es imposible construir nada sólido. La confianza ha de abonarse en los hechos. Unos y otros deben comenzar por reconocer sus visiones distintas, pero ser muy celosos en el cumplimiento de aquellos acuerdos que se vayan logrando. Así nacerá primero el respeto y luego la confianza en la recíproca lealtad. Así, el entendimiento inicial de unos pocos de cada lado, que creen en la salida, se irá difundiendo y ampliando. El día en que esa confianza se generalice, en que ya no se hable de "ellos" y "nosotros", la transición puede darse por terminada y se está ya en la normalidad.

TRADICIÓN, CONSENSO Y VOTO

> Quien quiera reformar un régimen antiguo en un Estado libre hará bien en conservar, al menos, la sombra de las instituciones antiguas.
>
> NICOLÁS MAQUIAVELO

LA TRANSICIÓN uruguaya tuvo a su favor algunos factores de señalada importancia: la tradición democrática del país, el desarrollo de un largo período de negociación previo, el apoyo del conjunto de los partidos y fuerzas sociales que asumieron con madurez la necesidad de contribuir y, en definitiva, la legitimidad del voto ciudadano, que enmarca el proceso en dos grandes plebiscitos, el de 1980 y el de abril de 1989.

La tradición, básicamente, es un conjunto de valores, de procedimientos, de sensibilidades, que configuran una mentalidad nacional.

Por debajo de las coyunturas hay siempre permanencias, difíciles de desvanecer, ya que las rupturas, incluso las que se pretenden fundacionales, toman elementos de un pasado que está presente en el modo de pensar y actuar de la gente. A su vez, ellas incorporarán elementos que perduran cuando llega el tiempo de la restauración.

Uruguay contó con el peso cultural de una vieja democracia, pacientemente construida en más de un siglo. Algo análogo ocurre en Chile. En la Argentina existió una idealidad democrática, contrariada sin embargo por los hechos en forma reiterada a lo largo de más de medio siglo. En Nicaragua, en cambio, donde se conduce un interesante pero peligroso período de cambio, no media tal patrimonio: allí no se trata de reconstruir sino de construir por vez primera un sistema del que no se posee la experiencia, la vivencia asumida

21

por un pueblo acostumbrado secularmente a los excesos del autoritarismo.

El procedimiento por el cual se llega a la salida institucional influye naturalmente en su desarrollo. En la Argentina no hubo una negociación previa; cuando el gobierno del doctor Raúl Alfonsín asumió el poder en diciembre de 1983 no mediaba siquiera un conocimiento mínimo entre los máximos dirigentes políticos y las jerarquías militares. En nuestro caso, en cambio, la salida fue precedida por largas negociaciones llevadas a cabo desde 1980 hasta 1984. Salvo en la etapa final, se experimentaron fracasos y más de una vez el diálogo fue interrumpido por la convicción de que resultaba infructuoso. No obstante, ese período sirvió para que los militares —poco acostumbrados a negociar— aprendieran a hacerlo, y los dirigentes políticos —muy ajenos a la mentalidad militar— comenzaran a entender mejor sus características.

Un período de diálogo, entonces, resulta una circunstancia favorable: los enquistamientos, los guetos, las actitudes de encierro en el propio grupo son incompatibles con un tiempo que requiere, por encima de todo, comprensión recíproca.

El consenso social más amplio posible es otro factor de positiva relevancia en un proceso de transición. Agotarlo en la elección democrática de un gobierno es una visión insuficiente, de la que difícilmente podrá salir algo duradero.

Un gobierno democrático recién electo abre una enorme expectativa que suele traducirse incluso en la promesa de una etapa de prosperidad. Luego de años de asfixia todos los reclamos asoman. Con harta facilidad se difunde la imagen simplista de que la democracia trae un pan abajo del brazo. Fácil fuente de desencanto, explotable por los enemigos de la salida democrática, es preciso prevenir a la sociedad. Para ello nada es más oportuno que un entendimiento entre fuerzas políticas, económicas y sociales. En España se hizo en el Pacto de la Moncloa (1977), en Uruguay, en la llamada Concertación Nacional Programática, cuyas bases se suscribieron en 1984, antes de la elección, en presencia de los principales candidatos. No fue esta última tan eficaz en los hechos como el precedente español: no duró demasiado, una ola de huelgas desde el comienzo le restó credibilidad y cada sector interpretó los acuerdos de un modo subjetivo conforme a sus intereses. En cualquier caso, sirvió para evitar desbordes y abrió un diálogo fluido entre sectores que antes no lo practicaban.

La expresión de la opinión pública ciudadana, fundamentalmente a través del voto, resulta otro factor decisivo en la generación de la legitimidad imprescindible para la reconstrucción del sistema. Necesariamente, al salirse de una dictadura se proyectan en el período siguiente elementos y problemas emergentes del pasado. Las necesarias transacciones entre las fuerzas en pugna obligan a construir instituciones transitorias o mecanismos de garantías que arrojan dudas sobre la pulcritud democrática de la nueva situación. Ello es natural, lógico y hasta deseable —para que nadie quede afuera—, pero despierta siempre suspicacias remanentes del pasado enfrentamiento, cuando no rechazos, especialmente en aquellas mentalidades hiperjurídicas o intelectualizadas que no aceptan otra cosa que la plenitud abstracta del sistema.

En el Uruguay, la esencia del Pacto del Club Naval, que instrumentó la salida, fue la aceptación, solamente por el lapso de un año, de algunas instituciones que —acordadas previamente— decretó el gobierno saliente. Se aceptaba la plena vigencia de la Constitución democrática plebiscitada en 1967, se derogaban los Actos Institucionales que la habían modificado en nombre de los poderes *de facto* y en su lugar se incluían normas transitorias que ofrecerían algunas garantías a las fuerzas militares. Ellas fueron:

1) La creación de un Consejo de Seguridad Nacional, que presidiría el presidente de la República e integraban tres ministros y los tres comandantes en jefe. El órgano era estrictamente asesor, carecía de toda facultad ejecutiva, tenía mayo-

ría civil y sólo podía ser convocado por el presidente. Sus facultades constitucionales no podían ser más anodinas, pero igualmente despertaba resistencias, por el antecedente de similares propuestas anteriores, en las que el órgano aparecía como un verdadero tutor o fiscalizador del gobierno. Ríos de tinta gastaron los partidarios y adversarios del Pacto del Club Naval discutiendo este tema que luego, en los hechos, careció de toda relevancia. Nunca se convocó el tal consejo. Concebido como un órgano de asesoramiento especial para ciertas materias restringidas, les aseguraba a los militares un ámbito natural donde poder trasladar al Poder Ejecutivo sus puntos de vista. En los hechos, el diálogo resultó tan frecuente y fluido que nada se añadía con la reunión formal de este cuerpo asesor.

2) El establecimiento de un estado de insurrección, poder de emergencia para casos gravísimos de insurrección, en los cuales se podrían suspender las garantías individuales por iniciativa del Poder Ejecutivo y mediante ley aprobada por la mayoría absoluta de ambas cámaras. Se trataba de un instituto lógico en cualquier Constitución democrática y dotado de todas las garantías del caso. Dijimos entonces que lo peligroso no era establecer la norma, sino que pudiera llegar a darse una situación de esa naturaleza a sólo un año de instaurada la democracia. Felizmente nada ocurrió y la norma se desvaneció virgen.

3) En los casos de ascensos a generales, se preveía la facultad de las Fuerzas de proponer candidatos en número doble a las vacantes producidas, quedando la decisión a cargo del Poder Ejecutivo con venia del Senado. Nada del otro mundo, como se ve.

En definitiva, a cambio de una elección libre y del pleno restablecimiento constitucional, solamente se aceptaban, transitoriamente, algunas normas que no traicionaban para nada el principio democrático y estaban dotadas de las necesarias garantías.

Mirándolas desde la perspectiva actual, resultan algo inverosímiles los debates al respecto, únicamente explicables por los prejuicios y la persistencia de algunas proscripciones políticas que podrían haberse superado en un acuerdo más amplio.

En el proceso uruguayo la ciudadanía tuvo dos grandes ocasiones para expresarse: el plebiscito de noviembre de 1980 y el de abril de 1989. En la primera circunstancia, el gobierno militar sometió al veredicto ciudadano un proyecto de reforma constitucional que proponía una salida institucional y culminaba en elecciones, pero con restricciones tales que la mayoría de las fuerzas políticas resolvió enfrentarlo. El Sí lanzó una copiosa campaña publicitaria; al No le estuvo vedado el acceso a espacios publicitarios pagados. Los principales dirigentes políticos estábamos proscriptos en nuestros derechos cívicos, de modo que no podíamos aparecer en los medios de prensa. A la sazón yo escribía en el diario *El Día* artículos sobre temas internacionales o asuntos de interés social de nuestra época; logré que se me publicara un artículo titulado "Hasta el 30 un No", en el que sostuve que podría haber más adelante una negociación, pero que ahora sólo cabía una actitud de resistencia a un proyecto constitucional que no había sido negociado con nadie y se pretendía imponer, instaurando además una democracia tutelada, incompatible con la esencia del sistema. Desde ya que esa publicación me significó una inmediata citación de los servicios de inteligencia y luego una sanción pecuniaria que consistió en la reducción a un 50% del haber de pasividad que cobraba como antiguo diputado y ministro con más de diez años de ejercicio en cargos políticos, amén de otros servicios computables.

Cuando lanzó la campaña, el gobierno de entonces presumía un pronunciamiento favorable al Sí. Se estaba viviendo una euforia económica, artificial como luego se vio, pero mayor que cualquier otra en los últimos años. La base era una enorme sobrevaluación de la moneda nacional, resultante de un mecanismo anticipado de prefijación del tipo de cambio al dólar con seis meses de anticipación. Se trataba, por esa vía, de mantener la inflación controlada al tiempo de inducir una reactivación. Igual sistema se aplicó por entonces en Chile y la Argentina, donde los gobiernos *de facto* se dejaron arrastrar por una moda difundida por economistas de los organismos financieros internacionales y por algunos académicos norteamericanos.

La campaña publicitaria del Sí insistía en que se podía llegar a las elecciones por la vía de la nueva Constitución, mientras que el No dejaba al país sin camino; de un modo bastante abierto se amenazaba a la población con que el No prolongaría, quizás indefinidamente, las posibilidades de una elección libre. Las encuestas parecían ratificar esta conclusión y Gallup publicó una investigación según la cual el Sí ganaba por un porcentaje rotundo.

Llegamos así al plebiscito, en un clima de enorme incertidumbre. La campaña opositora había sido persona a persona, sin mayor organización dada la situación de los partidos y la paralización sindical. Las encuestas eran negativas; sólo se pudieron hacer tres actos en salas de cine. Carecíamos, entonces, de pautas de referencia. El único episodio realmente significativo consistió en un programa de televisión en que dos figuras del gobierno (el consejero de Estado doctor Viana Reyes, un ex magistrado de sólida versación jurídica, y el coronel abogado Bolentini, ministro y consejero de Estado, un discutido pero hábil polemista) se enfrentaron a un veterano político nacionalista, el doctor Pons Echeverry, y a un profesor universitario de origen político colorado, aunque sin militancia, el doctor Enrique Tarigo. Este actuó de un modo tan contundente en la impugnación de la propuesta, produjo tal impacto en una opinión pública desacostumbrada al ejercicio de la crítica, que se transformó automáticamente en una figura política cuya actuación culminó como vicepresidente de la República en los años en que ejercí el gobierno.

La noche antes del plebiscito, saliendo de la redacción de *El Día*, le confesé a Manuel Flores Mora, político y periodista colorado, mis temores sobre el resultado. Clavándome los ojos me dijo:

—Mirá, Julio, antes nos decían la Suiza de América y ahora vamos a demostrar si alguna vez nos merecimos realmente ese título. A mí no me hace fuerza que digan que las dictaduras siempre ganan los plebiscitos, porque los plebiscitos de esta naturaleza no se han dado en los países de tradición democrática. Yo creo que de verdad fuimos "la Suiza" y confío en que lo volveremos a demostrar...

Finalmente se llegó al pronunciamiento y el escrutinio fue 885.824 votos por el No (58%) y 643.858 votos por el Sí (42%).

Este resultado proporciona un ejemplo muy interesante del dudoso valor de las encuestas en momentos en que la opinión pública carece de libertades públicas y el temor inhibe muchas veces la expresión libre de una opinión. También este caso fue un interesante ejemplo del efecto negativo de las saturaciones propagandísticas en televisión. La campaña, según la opinión de publicitarios solventes, no era mala, su mensaje resultaba claro y hasta convincente. Pero el abuso del medio y la excesiva intensidad de las reiteraciones produjo una reacción negativa en una sociedad que se sentía arrastrada a votar lo que se le proponía sin margen de análisis ni opción posible. Mucho contribuyó a esta conclusión un disparatado agregado de última hora según el cual la primera elección a realizarse, a fin de ese año, se haría con un candidato único emanado de las propias instituciones deliberantes del régimen. Ello fue fácilmente ridiculizable y restó credibilidad a una campaña cuya intensidad traducía un tono crecientemente autoritario.

Este plebiscito marcó una etapa. La reacción del régimen militar fue primero airada, pero al poco tiempo se comenzó a conversar. Dentro de sus filas, se debilitaron los que habían inventado dicho camino y comenzaron a expresarse un poco más abiertamente aquellos militares que vislumbraban la necesidad de una solución.

El plebiscito de 1980 constituye el comienzo de la apertura política. Ella transcurrirá entre esa fecha y el otro plebiscito: el de abril de 1989, último año del gobierno democrático, en que hubo de plebiscitarse la ley de amnistía a los militares. La naturaleza del tema, el momento en que se hacía (año de elecciones generales) y el largo debate que le precedió, le dieron el carácter de un plebiscito sobre toda la transición. El pronunciamiento fue allí también claro —1.082.454 por el Sí (56%) y 799.104 por el No (44%)— y con ello se revistió el proceso de una legitimidad democrática indiscutible.

Cabe añadir que entre esos dos pronunciamientos mediaron, asimismo, otros dos: la elección interna de 1982 y la elección nacional de 1984.

La primera fue una elección de autoridades de los partidos realizada en el mismo acto, el mismo día, en las mismas mesas electorales. Su convocatoria obedeció a que el gobierno militar no consideraba legítimos a los viejos dirigentes y reclamaba hablar con quienes realmente representaran la opinión partidaria. De hecho se transformó en una elección nacional y aunque el Frente Amplio no estuvo autorizado, apareció por la vía del voto en blanco. En todo caso, el debate se dio dentro de los partidos en torno de esos términos: transigentes o colaboradores del gobierno militar y opositores, divididos éstos, a su vez, en dos modalidades: los radicales y los moderados, quienes apuntaban ya a la búsqueda de una solución negociada.

El otro pronunciamiento popular fue la elección de noviembre de 1984. Naturalmente allí se elegía gobierno pero, sobre todo, conductores para el proceso de transición y por ello la opinión no eligió a quienes podían parecer débiles ante los militares o demasiado radicales para asegurar la paz.

Dos plebiscitos y dos elecciones dieron a la transición uruguaya una legitimidad política y moral granítica. Sirve de experiencia para pensar en que este camino, difícil y hasta peligroso, si es usado con oportunidad puede resultar exitoso para la consolidación de un sistema.

EL MUNDO EN QUE VIVIMOS

Un hombre de su tiempo es un hombre de todos los tiempos.

JOHANN W. GOETHE

LAS TRANSICIONES de los años ochenta se desenvolvieron en el clima internacional propicio de una democratización que avanzaba, del mismo modo que, a la inversa, los golpes de Estado de mediados del sesenta y los años setenta se estimulaban los unos a los otros, en un efecto dominó en que las piezas iban cayendo una tras otra.

No puede dudarse de que este contexto internacional tuvo una influencia favorable, hasta psicológicamente. De allí no se deriva, sin embargo, una suerte de acción mecánica en que los desenlaces se hacen inevitables. Así como muchos golpes de Estado pudieron evitarse, también muchas salidas democráticas se demoraron —o dificultaron— por circunstancias exclusivamente internas, que en definitiva son las esenciales.

La política de derechos humanos del presidente Jimmy Carter sin duda contribuyó de un modo favorable. Ella producía a veces enfrentamientos con los gobiernos militares, perdiendo capacidad de diálogo, o adolecía de una ejecución ingenua, que confundía a veces a guerrilleros marxistas con demócratas y a políticos conservadores con militaristas. Empero, nadie puede dudar de que su sana inspiración ubicaba a Estados Unidos en el escenario donde su autoridad política es más fuerte y que alentó a quienes luchaban por reencontrarse con el sistema de las libertades. Ejemplo de esto es el caso del Uruguay en agosto de 1977, cuando visitó Montevideo el embajador Terence Todman. Su visita —en un país muy aislado—produjo un enorme impacto. Fue aplaudido en las calles, lo que no ocurría con un jerarca norteamericano hacía años, y provocó en el gobierno una definición sobre el cronograma de la salida política. Del mismo se venía hablando desde tiempo atrás, y por cierto no se hizo público entonces, pero el hecho es que se concretó a fin de poder presentarle al gobierno de Estados Unidos una respuesta positiva. Este cronograma fue el que fijó a noviembre de 1980 como fecha para el plebiscito constitucional (que efectivamente se hizo) y a 1981 para las elecciones nacionales (postergadas luego a raíz del rechazo al proyecto constitucional).

Otro episodio demostrativo fue la visita del rey de España en mayo de 1983. Estábamos en vistas de iniciar una ronda de conversaciones con los militares. Se hablaba, pero —como tantas cosas en aquel tiempo— no se terminaba de concretar. Al producirse la visita se precipitó el inicio del diálogo, a fin de mostrarlo ante la comunidad internacional como algo que ya estaba en desarrollo. Lo importante es que la presencia real fue tomada por el público como un acto afirmativo de la democracia y no a la inversa, de apoyo al gobierno, tal cual había pretendido éste, queriendo capitalizarla en su favor. Cada palabra del monarca sobre la democracia, cada gesto de esa naturaleza, producía un impacto que se extendía como una onda eléctrica. El punto culminante fue una entrevista que concedió en la Embajada de España a la máxima dirigencia política uruguaya, incluyendo a quienes todavía estaban proscriptos en sus derechos. Una multitud de varios miles de personas se agolpó en la puerta de la embajada vitoreando al rey y a la democracia.

Estos episodios ponen en evidencia que, para abrir un régimen, nada hay más eficaz, valga la redundancia, que abrirlo. Cuando se lo encierra, rompiendo relaciones diplomáticas o bloqueándolo, se lo consolida. Primero, porque ello permite al régimen envolverse en la bandera nacionalista del agredido desde fuera y segundo porque el aislamiento debilita a quien está lejos del poder y no cuenta con medios para expresarse o instrumentos que le permitan alentar a la ciudadanía y testimoniarle por lo menos su existencia.

Muchas veces se discutió esa opción táctica entre la dirigencia política democrática en América Latina. Temperamentos radicales, acostumbrados al choque, propugnaban soluciones de confrontación. La otra tesis se demostró siempre más eficaz: lo importante es que se manifieste la influencia del país amigo, y ello precisa diálogo y contacto diplomático. Un ejemplo clamoroso: la visita del Papa a Polonia en 1979, indudable comienzo del proceso de deshielo que conducirá en diez años a la fulminante caída de los regímenes comunistas.

Así como debe valorizarse el factor internacional, no cabe sobrevaluarlo; es una ayuda si internamente existe un proyecto político viable en ideas y en fuerzas, de lo contrario, es inocuo.

Encaminadas las transiciones, resulta de un valor político todavía mayor el buen manejo de las relaciones internacionales. La creación de un clima generalizado de apoyo va nutriendo los sistemas recién nacidos y, por contraposición, desalienta los retornos nostálgicos. El marco que han tenido las transmisiones de mando en América Latina en los últimos años —hecho sin precedente por la presencia de numerosos jefes de Estado y cancilleres— ofreció un interesante ámbito de sustentación. Es la oportunidad, además, para que muchos estadistas con experiencia puedan llegar a los actores en juego con un testimonio claro sobre la viabilidad del camino emprendido.

En la dimensión económica, tan fundamental —sobre todo para desestabilizar—, no ha existido desgraciadamente una comprensión internacional adecuada. Los nuevos gobiernos democráticos de América Latina tuvieron que debatirse en medio del acoso de una deuda externa que les quitó el sueño. Es verdad que muchos la manejaron de un modo discutible o claramente negativo, pero también lo es que muy poco apoyo medió desde afuera. El Plan Baker fue una iniciativa bien inspirada, como lo es el actual Plan Brady. Pero uno y otro no pasaron de la condición de buenas iniciativas sin llegar a ser verdaderos planes, con los objetivos adecuados y la provisión de los medios necesarios para alcanzarlos.

El grupo de Cartagena luchó denodadamente por crear un clima favorable a una solución no convencional. Y no hay duda de que se fueron alcanzando mejoras en los procedimientos de refinanciación o de reducción de la deuda. Pero ellos no fueron suficientes para que el tema dejara de ser el protagonista principal del escenario.

Lo mismo puede decirse del proteccionismo de los países industrializados, que distorsiona los precios internacionales e impide que estos países, endeudados y llenos de problemas, encuentren las condiciones de estabilidad que alientan la inversión. En Punta del Este se lanzó la ronda Uruguay del GATT (Acuerdo General sobre Aranceles Aduaneros y Comercio), en 1987, como un intento —el primero históricamente— de desarmar la red proteccionista y ofrecerle al mundo la perspectiva de un mercado más transparente. Han sido cinco años de esfuerzos incesantes y la verdad es que aun cuando se logren avances, nadie piensa, a esta altura, que habrá cambios dramáticos.

Es oportuno observar, a este respecto, las limitaciones que los gobiernos democráticos del mundo desarrollado exhiben a la hora de tomar decisiones. Los países europeos, por ejemplo, reconocen que su política agrícola no es defendible racionalmente; sin embargo, en el momento definitorio, se paralizan por la presión política de agricultores que inciden en las elecciones.

Lo mismo ocurre con el gobierno norteamericano, al cual se le suele observar desde lejos como mucho más poderoso de lo que es, confundiendo la magnitud de la economía del país con el escaso margen de maniobra de un Estado siempre en déficit. Los gobiernos han sido decididamente partidarios, desde los tiempos de Reagan, de liberalizar el comercio exterior, pero sus posibilidades se mostraron muy escasas frente a las tendencias proteccionistas instaladas en el Congreso, donde sólo figuras excepcionales observan el panorama mundial mientras la mayoría, condicionada por los intereses directos de sus electorados estaduales, actúa sirviéndoles sin más trámite.

En un mundo que estaba saliendo de la bipolaridad, y que terminó de alejarse de ella en el final de la década, la circunstancia exterior se presentó desde una perspectiva totalmente novedosa. El conflicto Estados Unidos-Unión Soviética fue saliendo de escena para ceder paso a una etapa de cooperación. Ello quitó financiación y respaldo a las guerrillas latinoamericanas y produjo un nuevo acercamiento de Estados Unidos a su hemisferio, especialmente porque Europa, ensimismada en la perspectiva de su unidad en 1992 y con la gran sorpresa de los acontecimientos en el Este, disminuyó su presencia activa en América Latina, luego de un momento de relanzamiento.

En este contexto, entonces, las transiciones transcurrieron —y transcurren— un poco huérfanas. Los intereses exteriores, que llegaron a ser muy vivos en 1985, cinco años después han declinado.

La propia prensa, que durante un tiempo seguía poco menos que diariamente los acontecimientos, ya no mantiene su mismo reflejo. Sólo se detiene en alguna catástrofe económica o alguna situación folklórica, de fácil explotación. Importa decir que siempre se advirtió en el periodismo una comprensión relativamente baja de la naturaleza de nuestros procesos políticos.

En Estados Unidos resultó demasiado común la fácil generalización sobre un hemisferio cuya diversidad no se percibe. A la vez, las transiciones se planteaban desde un ángulo muy parcial como una especie de conflicto de película de vaqueros entre los buenos (organizaciones humanitarias, luchadores de derechos humanos) y los malos (militares), bajo la mirada expectante de dirigentes políticos a los que alternativamente se ubicaría en uno u otro campo según la posición coyuntural que asumieran en el episodio del momento. En general, se podía (y puede) reconocer honestidad fáctica en la crónica pero un recurrente desenfoque en la evaluación de los mismos hechos.

La prensa europea, más madura en la interpretación, reflejaba (y refleja) en cambio, mucho más, las orientaciones políticas de los propios periódicos, filtros que deforman los acontecimientos bajo su prisma. El tema que podía interesar a un periódico comunista, socialista, democristiano o liberal es previsible de antemano y también lo es entonces la imagen periodística. Por esa causa el público europeo no podía entender cómo el general Pinochet contaba con un sector muy importante de opinión a su favor —como mostró en el referéndum y en la elección—, tal había sido la caricatura periodística de su figura, que el hecho asomaba como realmente ininteligible.

Nos parece de suma importancia este fenómeno periodístico, pues en el mundo contemporáneo, tan intercomunicado, la opinión pública se va formando en torno de esas imágenes, a veces fugaces y, en general, excesivamente simplificadas.

No puede desconocerse el aporte que muchas agencias europeas de noticias han hecho en favor de una mejor información. Tampoco el de algunos columnistas y corresponsales serios, especialmente en España y en Francia. Pero, en el conjunto, el balance, desgraciadamente, da números rojos, escritos bajo el signo del partidismo o del estereotipo, a menudo despectivo.

HIPOTECAS DEL PASADO

> La fuerza pasa pero los odios que engendra son permanentes.
>
> CHARLES MAURICE DE TALLEYRAND

UN PERÍODO *de facto* supone siempre actos de violencia, enfrentamientos previos y posteriores, derechos cercenados, inevitables arbitrariedades. La democracia encuentra, entonces, llagas abiertas, heridas no cicatrizadas o por lo menos sensibilidades y prejuicios muy acentuados.

Cuando se instaló en el Uruguay el gobierno democrático, el 1 de marzo de 1985, existían varios cientos de presos de naturaleza política, incluyendo entre ellos terroristas regularmente procesados por la justicia antes del golpe de Estado, otros con posterioridad, y hasta dirigentes comunistas acusados por mera militancia. En los meses previos se había liberado el grueso de los detenidos, mas restaban esos casos, naturalmente los más difíciles. La solución fue una amnistía generosa, pero el tema no fue sencillo. Ella hería a los militares, que se sentían defraudados en su lucha contra el terrorismo, y encrespaba a algún sector de la opinión pública que no podía aceptar el perdón para quienes habían ejercido la violencia dentro de la democracia y que ahora complicaba las relaciones del gobierno con las Fuerzas Armadas.

Del otro lado, era natural encontrar innúmeras demandas de gente agraviada por los años de dictadura. Los familiares de los presos o las víctimas de la represión, los funcionarios destituidos de la administración (que en el Uruguay eran varios miles), la explicable rebeldía que producía el modo autoritario de actuar —especialmente en los jóvenes—, los dirigentes políticos o sindicales proscriptos en sus derechos

35

durante años e impedidos de participar, los periodistas constantemente amenazados, configuraban una carga emotiva peligrosa.

El "destape", como se le llamó en España, contiene entonces ingredientes que no son los normales. Un perro no está en su quicio cuando se le suelta de su cadena; corre y ladra como habitualmente no lo haría. Una sociedad reprimida también cae en las tonalidades excesivas. No canta la libertad reconquistada, la grita; no sólo valoriza los derechos readquiridos, sino que quiere ejercerlos todos a un tiempo, estrenarlos atropelladamente, ponerlos en marcha con novelería.

Nace así un mal característico de esos tiempos: el "yaísmo". Todo se quiere para "hoy". Todos los derechos "ya". Todas las reivindicaciones sociales "ya". En Brasil fue "elecciones directas ya". En Uruguay fue "amnistía ya", "aumentos salariales ya".

Es muy difícil regular ese clima de urgencias, porque ellas son usualmente lógicas. Hay un deseo de reconquistar el tiempo perdido. Los años de oposición clandestina o subrepticia han generado un romanticismo revolucionario difícil de armonizar con las normas y los matices de un estado de derecho que va emergiendo de una situación *de facto* con todas las adherencias que debe desprender del pasado. Esos reclamos postergados, aun siendo válidos, se impregnan entonces de una impaciencia muy engorrosa de moderar. Es imposible frenar el movimiento, dado su legitimidad básica. Se trata de encauzarlo para que la corriente no desborde los diques y lleve al retroceso.

A estos elementos políticos han de añadírseles los económicos y sociales.

Para empezar, la democratización de los años ochenta se llevó a cabo en medio de la crisis de la deuda externa. Su potencial desestabilizador no necesita subrayarse. La radicalización propia de los años de dictadura conducía a muchos a querer desconocer la deuda, como algo ilegítimo, tan poco válido como los propios gobiernos *de facto*. Los movimientos de denuncia de la deuda se generalizaron, hasta el punto de alcanzar incluso a los propios gobiernos, como ocurrió en Perú bajo el presidente Alan García o en Brasil bajo el presidente Sarney, quienes, si bien no repudiaron la obligación, decretaron la moratoria del pago de sus servicios.

Aun sin pensar en soluciones tan drásticas, es evidente la dificultad de cualquier gobierno para llevar a cabo programas de ajuste dirigidos a corregir desequilibrios macroeconómicos, con el sacrificio de atender el pago de los intereses. "No pagaremos la deuda externa con el hambre de nuestro pueblo" fue una frase reiteradamente escuchada hasta de los gobernantes más moderados, presos entre las pinzas de la necesidad de reequilibrar sus países con austeridad y atender los reclamos.

Las demandas sociales son muy fuertes y provienen de postergaciones salariales posibles dentro de un contexto autoritario, pero difíciles cuando no imposibles de administrar en el contexto de un "destape" democrático.

En el caso del Uruguay, la situación revestía caracteres realmente dramáticos.

Se solicitó a la CEPAL (Comisión Económica para América Latina) un diagnóstico que realmente alarmó. El acento técnico se ponía en la reactivación económica como único modo de atender a una situación social tan deteriorada. Entre otras cosas, se informó que

En el trienio 1982-1984 el producto interno bruto cayó un 15%, con lo cual el producto *per capita* se redujo casi 18% en ese lapso. En 1982 la deuda externa se elevó, asimismo, con extraordinaria intensidad. No obstante, en los años siguientes ella se incrementó mucho menos, su monto al finalizar 1984 era del orden de 4.600 millones de dólares, cifra equivalente a 3,5 veces el valor de las exportaciones de bienes y servicios. Al mismo tiempo se aceleró bruscamente la inflación, cuyo ritmo de alrededor de 66% a fines de 1984 más que triplicó el registrado en 1982. En estas circunstancias la situación social se deterioró en forma dramática: el salario real cayó aproximadamente 30%, en los últimos tres años, en tanto que la tasa del desempleo abierto en Montevideo subió desde el nivel mínimo de 6% registrado a comienzos de 1981 a un promedio de más de 15% en 1983 y de alrededor de 14% en 1984. [...] En estas circunstancias resulta evidente que la reactivación de la economía debe constituir un elemento esencial de cualquier política de ajuste. En efecto, la recesión no sólo ha deteriorado marcadamente los índices sociales del país, sino que, en caso de persistir, se convertirá en un obstáculo crucial para el cumplimiento de compromisos externos del país y, lo que es más importante, para la consolidación del régimen democrático. En suma, la reactivación constituye un imperativo tanto por razones estrictamente económicas como por motivos sociales y políticos.

Se privilegiaron entonces los factores referidos a la actividad, relegando otras posibles prioridades que en abstracto podían ser principales o que, en un contexto distinto, podrían haber merecido esa calificación. Así se fue alcanzando un nivel de crecimiento que permitió sustentar el proceso de transición.

A la caída del producto bruto interno se añadía una crisis bancaria en cierne. Con la excepción de los bancos extranjeros, la banca privada se hallaba a punto de la cesación de pagos. Era imprescindible ganar tiempo para que esa situación pudiera revertirse o el Estado afrontar la crisis sin riesgos para la estabilidad del conjunto.

Desde este ángulo, la situación uruguaya se asemejó a la argentina, mientras que la brasileña se diferenciaba porque si bien la inflación era elevada y se observaban algunos desequilibrios importantes, el fuerte ritmo de crecimiento compensaba las notas de alarma social. La situación de Chile en transición ha sido y es netamente diferente, al punto de que el gobierno democrático desde el primer momento trató de llevar tranquilidad a la plaza asegurando la continuidad

de las políticas básicas; no obstante, las demandas sociales se
han hecho sentir con el acento de la postergación.

Parece inevitable, después de años de conflicto, recibir
una herencia pesada y de compleja naturaleza. No se vive una situación rutinaria ni ella acepta un tratamiento de
rutina.

LA ECONOMÍA COMO RIESGO

> Entre la lógica implacable del control social y la libertad salvaje de la ganancia, lo esencial de la vida social está hecho de relaciones entre los actores y sólo la combinación de sus esperanzas y de sus combates puede producir eso que llamamos desarrollo, es decir, una más fuerte capacidad de acción de la sociedad sobre ella misma y en consecuencia, a la vez, el éxito económico y una más grande participación social y política.
>
> ALAIN TOURAINE

UN CUADRO de situación económica como el descripto sobre el Uruguay revela, fotográficamente, el riesgo que para la democracia supone el descontrol de la economía. Para la Argentina de esos mismos años la persistencia de los desequilibrios significó la fuente de innúmeros problemas y puede afirmarse que principalmente ellos obligaron a la transmisión del poder anticipada del doctor Alfonsín al doctor Menem, así como a éste, en su primer año, a enfrentar una severísima crisis al fallar sus primeras medidas estabilizadoras.

El desafío es conciliar las posibilidades con las expectativas, y ello carga al debate político de elementos ideológicos que inhiben un manejo racional. Esto conduce a veces a políticas económicas erráticas, a procesos de confrontación económica, o bien a estallidos sociales de consecuencias perturbadoras sobre el conjunto de la sociedad. Así se debilitan y hasta se diluyen los acuerdos políticos, pues los partidos opositores que colaboran con el gobierno se sienten débiles para enfrentar una opinión pública crítica y hasta enardecida.

En esos casos es imprescindible realizar el ajuste que supere los desequilibrios económicos, pero no se pueden despreciar las variables políticas y sociales. Numerosos programas bien concebidos técnicamente se hicieron inviables políticamente por no tomar en consideración de antemano esta dimensión del tema. Es la natural correspondencia metodológica con un fenómeno económico cuyas consecuencias se proyectan sobre el conjunto de la sociedad, desbordando su marco original.

En el caso uruguayo, tuvimos muy en cuenta estas consideraciones. Accedimos a la administración después de una fuerte caída del producto bruto interno, el nivel de ocupación y el salario real; intentar un ajuste sin crecimiento nos podía conducir a una situación socialmente explosiva y por lo tanto, a la inestabilidad política.

Esta afirmación nos lleva de la mano a pensar que no existe una única modalidad de ajuste. La ortodoxa puede traducirse en un ajuste interno, cuando se trata de eliminar el desequilibrio por exceso de demanda doméstica, con la consiguiente presión inflacionaria, o bien en un ajuste externo, que procura eliminar el desequilibrio por exceso de demanda al exterior con el consiguiente déficit en la cuenta corriente de la balanza de pagos. Ninguno de estos objetivos puede ser indiferente a un programa de ajuste, pero también es verdad que pueden matizarse con metas vinculadas a la producción o a la distribución. El propio Fondo Monetario Internacional, hasta hace pocos años de una implacable ortodoxia, ha flexibilizado sus criterios y acepta programas que incluyen posibilidades de crecimiento económico y mejora salarial.

Otra conclusión muy importante que nos brinda la experiencia es la inevitabilidad de los ajustes. Cuando se adolece de desequilibrios macroeconómicos no se debe postergar el ajuste por razones políticas. Dilatarlo siempre es ahondar la profundidad de las medidas que deberán adoptarse de todos modos, además de correr el riesgo de que en el camino se pueda sufrir un desborde de la situación. En este caso, entonces, el ajuste se produce igual, pero en vez de realizarse conducido por la autoridad se proyecta en los hechos de un modo a veces salvaje, con caídas salariales bruscas o descensos de demanda que pudieron moderarse.

En América Latina estas postergaciones han sido trágicas, al igual que las políticas cambiarias irreales, generadoras de fantásticos desbalances y fuente originaria de muchas de las deudas externas, como ocurrió en el caso de Uruguay, Argentina y Chile en los años 1978 a 1982.

Es posible pensar, por consiguiente, en ajustes con crecimiento. Ellos obligan a poner al país de que se trate en el camino de reformas estructurales que ataquen la raíz profunda del desequilibrio. Será imprescindible, casi siempre, aumentar el rendimiento de la inversión, realizar una política cambiaria realista que se acomode al objetivo de una economía más abierta, disminuir el peso del Estado y administrar adecuadamente la deuda externa. Del mismo modo, es necesario lograr una mejor asignación de recursos mediante un funcionamiento más transparente del mercado, superar dependencias respecto de uno o dos productos de exportación, eliminar barreras a los pagos externos o a las importaciones, procedimientos rígidos de contralor de precios, o en general, el uso inadecuado de los recursos del Estado.

Con el panorama descripto, el Uruguay de 1985 encaró un programa de ajuste en el que la reactivación económica, tal como lo proponía la CEPAL, configuraba el núcleo. La baja de la inflación se definió como un objetivo a alcanzar mediante un tratamiento gradualista. Se descartó la hipótesis de un *shock* dado el contexto político de la transición, el real deterioro social y la afloración —luego de años de impuesto silencio— de la actividad sindical. Era razonable pensar que en un cuadro de esa índole un *shock* económico, en vez de producir confianza en la determinación del gobierno, lo conduciría a un clima de agitación negativo para un sistema abierto, que tenía que vencer el prejuicio —arraigado desde antes y profusamente difundido en los años de la dictadura— sobre la falta de orden propia de un régimen de libertades.

La piedra angular del programa fue el ajuste fiscal. El

déficit, que en 1982 había alcanzado la astronómica cifra del 18% del producto bruto interno había descendido a 9,5%, pero este nivel era todavía incompatible con la necesidad de estabilidad. Lo grave era que el descenso de ese guarismo —aún tan grande— había sido alcanzado mediante una drástica reducción de la actividad productiva y del nivel salarial.

Lo primero, entonces, fue el ajuste fiscal, comenzando por una actualización tarifaria de los servicios públicos, para alcanzar no sólo el equilibrio sino nuevos recursos. Se incrementaron algunas tasas de impuestos, se eliminaron brechas fiscales y, aplicando una gran disciplina en los gastos del Estado, se bajó el déficit a la mitad; el restante se financió con una política de endeudamiento a largo plazo en los organismos internacionales y la colocación de títulos públicos que el mercado absorbió en medio de un clima sostenido de generalizada confianza. Así se pudo revertir la tendencia inflacionaria durante más de tres años, y si bien luego volvió a subir —por factores coyunturales muy claros— nunca se cayó en el desborde.

El acuerdo realizado con el Fondo Monetario Internacional por dieciocho meses, permitió alcanzar las cinco metas trimestrales, cosa no demasiado frecuente en la vida del organismo, más acostumbrado a tener que enfrentar los habituales incumplimientos.

Por otra parte, el combate al déficit fiscal se debía hacer compatible con la meta principal de la reactivación económica. Para ello se privilegiaron las exportaciones, conservando los aspectos positivos de la situación anterior (libertad de mercados, importaciones y movimiento de capitales, etcétera), y se adoptaron medidas específicas de estímulo. Se prefinanciaron las exportaciones, se efectuaron devoluciones de impuestos directos a aquellas que lo necesitaron, y se dio prioridad a los sectores exportadores, tanto en la importación de equipos como en las capitalizaciones de deuda externa. Asimismo, se agilizó el régimen de admisión temporaria para que la industria exportadora accediera a insumos competitivos, se dictó una ley moderna de zonas francas y, fundamentalmente, se abrieron o afianzaron mercados mediante una agresiva política de proyección internacional.

Esta acción comercial del Estado fue un magnífico ejemplo de cooperación entre los sectores públicos y privados. Se realizaron convenios bilaterales de expansión comercial con Argentina, Brasil, México y China Popular, potencia ésta con la que se establecieron relaciones diplomáticas por vez primera y se suscribieron importantes compromisos de comercio.

Los viajes presidenciales y ministeriales fueron aprovechados para que los sectores privados pudieran acceder a contactos de alto nivel, volcándose en general toda la acción diplomática del país al apoyo del sector exportador.

Los resultados fueron buenos. En los años que van de 1984 a 1989 el comercio exterior total pasó de 1.560 millones de dólares a 2.750, o sea un incremento de más de 76%. Las exportaciones pasaron de 925 millones en 1984 a 1.540 en 1989, lo que marca un avance del 66%, superior al crecimiento de las exportaciones mundiales en este período. Las exportaciones se beneficiaron indirectamente también de una reducción del arancel máximo a las importaciones, que pasó de 55% a 40%.

De este modo se pudo acompañar el ajuste externo con un crecimiento productivo, que a la vez mejoró la asignación de recursos con una mayor apertura externa.

Paralelamente, se manejó la deuda externa para que ella dejara de ser un factor de crisis, aun cuando siguiera pesando gravosamente. Ante la imposibilidad inicial de enfrentar su servicio, se desecharon todas las hipótesis posibles de confrontación con el sistema financiero internacional: un país volcado al esfuerzo exportador y la apertura al comercio mundial no podía sustentar tal proyecto por la vía del aislamiento. Quienes siguieron este otro camino, lo pagaron muy caro, y aquellos que sin llegar a las moratorias prolongaron las refinanciaciones a la espera de mejores hipótesis, también lo pagaron en estrangulamientos financieros y falta de confianza. De allí que no bien se instaló el nuevo gobierno se encaró inmediatamente una refinanciación. En julio de 1986 se alcanzó un primer acuerdo que, para la época, fue considerado excelente, corriendo el plazo de las amortizaciones, ampliando el período de gracia y bajando los intereses. En el primer trimestre de 1988 se realizó un nuevo acuerdo que volvió a mejorar sustantivamente las condiciones, y en 1989, lanzado el Plan Brady, el Uruguay se presentó inmediatamente y los bancos comenzaron una conversación que se dejó muy adelantada a la nueva administración.

No obstante lo pesado del servicio, mediante esta política se introdujo en el escenario un factor de confianza muy importante. Si algo indica la experiencia es precisamente el enorme valor de ese ingrediente psicológico, quizá difícil de cuantificar pero determinante del crédito del país.

Por otra parte, en tiempos tan difíciles, en que las políticas económicas de por sí no pueden ser demasiado populares, es fundamental que por lo menos sean confiables, creíbles y, de ese modo, sustento del crecimiento tanto como de la estabilidad democrática.

El Uruguay hubo de soportar otro fenómeno de vastas proporciones: una enorme crisis bancaria en el sector privado. Los bancos en cuestión (Comercial, Caja Obrera, Pan de Azúcar e Italia) mantenían una cartera de muy difícil cobro desde la crisis cambiaria que en noviembre de 1982 destruyera la famosa "tablita" que prefijaba el valor del dólar. A ello se sumó un endémico costo elevado de administración que les llevó a una rentabilidad negativa.

Cuando nos hicimos cargo del gobierno teníamos información muy precisa de esa situación y realmente nos preocupaba, quizá nada nos agitó más en aquel tiempo que hoy vemos lejano. Las crisis bancarias son de esos fenómenos económicos —como la confianza— difíciles de cuantificar, aunque de enorme repercusión. En una plaza financiera abierta como la nuestra, con un volumen de depósitos de no

residentes mayor que las exportaciones del país, una banca-
rrota generalizada puede ser de efecto devastador. Esa repercusión comienza económica, pero termina siendo política. Pocos sectores sociales son más iracundos que un grupo de
depositantes bancarios con sus ahorros comprometidos; enar-
decido, no tiene límites, y la historia de las revoluciones modernas así lo atestigua.

Se desarrolló entonces una política de salvataje que le
dio al Banco de la República, progresivamente, la gestión de
esos bancos, pasados luego a propiedad de la Corporación para el Desarrollo con el fin de ser vendidos.

Durante la campaña electoral de 1984, la posible nacio-
nalización de la banca había sido un tema de debate. Hoy, a
la distancia, se ve como algo anacrónico, después de la crisis
de los países del Este, pero en aquellos años de reapertura,
durante los cuales todo parecía refundarse, fue un tema con-
trovertido. Los sectores marxistas sostenían a pies juntillas
las nacionalizaciones, y la mayoría del Partido Nacional hablaba de nacionalizar ahorros y especializar la banca. Nuestra tesis de entonces era la clásica, o sea la de mantener un
sistema abierto, con amplia competencia entre la banca oficial, la privada nacional y la extranjera. Cuando se nos vino
encima la crisis, de algún modo nos contradecíamos al introducir al Estado y ponerlo a cargo de la situación. La contradicción la sentimos teórica, sin embargo. Podía asumirse
temporariamente la gestión de esos bancos, preservando su
naturaleza privada. Sin duda la medida tuvo un costo para el
Estado, por pérdidas que debió asumir, pero éstas fueron mínimas frente a lo que hubiera significado atender el pago de
depósitos a extranjeros, indemnizaciones por despido al personal —con la consiguiente confrontación social— y una pérdida de credibilidad en el sistema que se proyectaría durante
años. Por cierto, mucha gente no aceptó —ni acepta— estas
razones. Como la crisis se evitó, nadie puede percibir su real
magnitud, y resulta mas fácil razonar pensando en las pérdidas concretas que se produjeron sin advertir las enormes

—pero invaluables— que se hubieran producido sobre el conjunto del cuerpo social.

El propio Banco Mundial inicialmente no estaba convencido de nuestra política. Luego de examinar la situación, sin embargo, llegó a la conclusión técnica de que no había mejor camino y concedió un préstamo muy importante para sanear esas instituciones.

No obstante la crisis bancaria y el peso de la deuda externa, los objetivos básicos de la política económica se alcanzaron. En cinco años, el producto bruto interno creció un 16%. Las exportaciones también aumentaron. La ocupación bajó de 14% a 8% aproximadamente. El salario real subió un 30% con respecto a 1984, con porcentajes mejores en la actividad privada, donde la fijación fue negociada entre las partes y el Estado asumió sólo un papel concertador y no de decisión.

Las mejoras de ingresos de los sectores laborales y pasivos, dirigidas a atender situaciones difíciles y evitar confrontaciones, gravitaron contra la meta de reducción inflacionaria. De todas formas, fue posible lograr una estabilidad importante de la tasa inflacionaria, que a ritmo mensual osciló en los cinco años entre un mínimo de 3,8% (1987) y un máximo de 5,5% (1989), lo que dio a la economía una gran previsibilidad y evitó variaciones pronunciadas en las tasas de interés real.

Naturalmente, un ajuste de estas características es muy difícil de administrar. Mucho más que uno clásico, cuyo efecto drástico aunque de propuesta simple, requiere menos desarrollo en el tiempo y menor esfuerzo en la penosa vigilancia del gasto público. El sacrificio tuvo, sin embargo, la compensación de haber podido retomar un sendero de crecimiento y mejorar los indicadores sociales de un modo sustancial.

En los años ochenta la economía fue un talón de Aquiles en la situación latinoamericana. Exceptuados Chile, Colombia y Uruguay, no hay países con evolución favorable. Sin duda esta situación influyó mucho en el deterioro de los gobiernos militares, alentándolos a la salida democrática, pero gravó a su vez el advenimiento de la democracia con una pesada hipoteca. La afirmación anterior no debe inducir a un error bastante difundido que atribuye a la crisis de la deuda externa un efecto democratizador. Que la situación deterioró las dictaduras no hay duda; sin embargo, no puede atribuírsele ese efecto mecánico cuando se da el caso de Chile donde, a la inversa, en plena dinámica expansiva se produce la apertura democrática.

El hecho es que la mayoría de los gobiernos de la década han vivido angustiados por una situación económica plagada de momentos críticos, sufriendo el fuerte deterioro de la opinión pública y el crecimiento de la inestabilidad institucional.

Resulta entonces inestimable cuidar la estabilidad económica, que no quiere decir, en términos latinoamericanos, moneda dura e inflación; quiere decir previsibilidad. Vivir sin sorpresas. Momentos buenos y malos habrá, pero la cuestión es poder eludir las avalanchas sorpresivas.

Conciliar la economía con las necesidades de una transición institucional es parte sustantiva del desafío que ésta implica. Los economistas suelen despreciar en sus análisis, o relegar, el factor político o social. Los políticos, por su parte, son reacios a atarse a los rigores de una administración cuidadosa, con limitaciones en los gastos y sin concesiones a la popularidad. Hay que lograr ese equilibrio, dosificar ambas visiones, encontrar una política que gradúe una y otra necesidad. Siempre es penoso, pero inevitable. El mito voluntarista, asentado en la fe en el Estado planificador, se ha derrumbado no sólo en los asfixiantes esfuerzos marxistas, sino aun en sus versiones democráticas. Hoy sufrimos del contra-mito creado por un neoanarquismo conservador que prácticamente aspira a la evaporación del Estado, cuando el mundo nos muestra que aun las economías más abiertas no renuncian a ciertos márgenes de protección y al cuidadoso manejo de algunas variables, como la monetaria.

Una humanidad cada día más preocupada por el medio ambiente, por la escasez de agua y petróleo y por los efectos devastadores del uso de la droga, reclamaría al Estado una presencia distinta. El viejo Benefactor será ahora sobre todo un Fiador, un garante atento a los equilibrios entre el hombre y la naturaleza y los hombres entre sí.

LA PAZ, PROYECTO POLÍTICO

> De todo excluido se hace un enemigo
> MATEO LÓPEZ BRAVO,
> Alcalde de Casa y Corte

UNA MAÑANA de mayo de 1985 llamé a Wilson Ferreira Aldunate, líder de la oposición, y lo invité a visitarme a las seis de la tarde en la Casa de Gobierno. Lo recibí en el pequeño despacho que entonces era el gabinete de trabajo del presidente. Habían pasado sólo dos meses y medio del comienzo del gobierno y las tensiones comenzaban a aparecer, a partir de una infantil incomprensión sindical. Charlamos, como siempre, franca y desordenadamente. Era difícil conversar de otro modo con mi brillante interlocutor, que decía frases ingeniosas todo el tiempo y saltaba de tema en tema llevado por su palabra. Cuando advertí que era la hora prevista le dije a boca de jarro:

—Me avisan que está en la casa el comandante en jefe, teniente general Medina. ¿Te niegas a conversar con él?

—No —dijo rápidamente, pese a la sorpresa.

En realidad, ésta era mutua, porque ni a uno ni a otro le habían advertido de esta posibilidad. A esta altura, me parecía imprescindible emprender una tarea de deshielo entre las propias personas. Los militares mantenían intacta su desconfianza y recelo hacia Ferreira Aldunate. Éste, sus prejuicios contra los militares, a quienes había vuelto a banderillear en un seminario en Madrid. (Más de una vez le había dicho a Ferreira que nadie podía aspirar a la Presidencia divorciado de las Fuerzas Armadas de su país, a las que tendría que comandar.)

No bien me respondió, tomé el teléfono y pedí al jefe de

la Casa Militar, general Guillermo de Nava, que se hiciera presente con el comandante en jefe. Éste llegó serio, como es su estilo, y no estiró su mano hasta que no lo hizo Ferreira, quien se adelantó y con su sonrisa habitual le saludó. Inmediatamente lo encaró y dijo:

—¿Usted me odia mucho, General?

—No demasiado —contestó lacónicamente Medina.

—Ya es algo —dije, y los invité a sentarse. Lo hicieron juntos en un sofá, delante del cual, en dos sillas, nos sentamos con el general de Nava. Éste, mirándome pero con voz fuerte, dijo:

—¿Vio Presidente cómo uno los deja y enseguida se juntan? No hay duda de que los blancos son siempre blancos...

—Eso de blancos más o menos, porque usted —y lo miró a Medina— ya pecó una vez. Y con esa manito pecó (decía Ferreira mientras hacía el gesto de introducir el voto en una urna).

—No sé a qué se refiere —dijo Medina.

—Usted sabe —replicó Wilson— ...Usted sabe que votó a los colorados...

—No señor, voté solamente por la paz del país —replicó el general.

La conversación siguió luego fluidamente. Comenzó allí un diálogo que fue creciendo en intensidad y terminó en un respeto recíproco, se diría que hasta en amistad personal.

Este episodio, pequeño pero revelador, nos ubica en el nudo del proceso de reconciliación nacional, sin el cual no hay paz posible. Si la gente no deja de ver al conciudadano como un enemigo pese a que discrepe, si no se hace cargo de que, pese a diferencias de criterio, puede conversar y hasta entenderse en ciertas cosas, no hay modo de construir nada verdadero. Por eso la paz tiene que dar mérito a un programa político en el que ningún aspecto puede quedar afuera sin riesgo.

Suele aludirse a la paz como abstención de la violencia. Así, simplemente porque no hay guerra habría paz. En términos de polemología clásica puede aceptarse el concepto. Pero no es válido, sin embargo, en el análisis político, porque la paz supone equilibrio de fuerzas, solidez institucional y, sobre todo, un estado de espíritu que permita el ejercicio pleno de la vida democrática. No podemos hablar de paz sentados sobre tensiones que la sepultarán no bien aparezca una chispa o cuando mantenemos vigentes todas las circunstancias de un conflicto pasado. Habrá una "guerra fría", como lo enseña la estrategia moderna, todo lo fría que se quiera, pero guerra al fin; o, por lo menos una no-paz.

Estos conceptos se hacen singularmente válidos cuando nos situamos en el ámbito espacial y social de una misma nación, y estamos pensando en un tipo particular de conflicto que es la guerra civil, o sea el enfrentamiento violento, sangriento, entre grupos organizados adentro de un mismo Estado.

Una transición institucional supone el pasaje de una situación *de facto* a un estado de derecho. La situación de la que se parte es ontológicamente anormal. Podría ella haberse iniciado en un golpe de Estado adentro de una democracia, o ser una etapa más dentro de un largo proceso de dictaduras, o bien la resultancia ocasional de un conflicto particularizado, pero el hecho es que se trata precisamente de superar una situación anormal. ¿Anormal con relación a qué? A una organización democrática estable que se desea restaurar, en el caso de aquellos países que vivieron la plenitud del sistema, o bien en relación con una democracia ideal largamente acariciada como esperanza a la que no se ha podido acceder.

En toda transición están dados elementos de tensión provenientes del pasado. Los grupos titulares del conflicto están presentes en la vida social y el propio núcleo de ese conflicto suele estar presente también; faltará entonces solamente el elemento circunstancial que la vuelva a desencadenar. He allí el desafío del hombre de Estado.

Alcanzar la paz, volver a la normalidad, supone desmovilizar los grupos, y esto sólo es posible resolviendo los términos del conflicto. A la vez, demanda superar esa nueva versión del conflicto, que se da por las secuelas del viejo enfrentamiento. Habitualmente son más visibles éstas que aquél, pues a la larga el origen mismo de la situación comienza a perderse.

Ahora bien, en el Uruguay de 1985, ¿cuál era el panorama?

Los dos partidos tradicionales habían estado en la oposición. Ambos poseían grupos que habían colaborado con el gobierno militar, pero su gravitación había disminuido en los últimos años.

En el Partido Nacional predominaba el grupo liderado por Wilson Ferreira Aldunate, tenaz opositor que se había exiliado al producirse el golpe de Estado y que mantuvo una fuerte militancia en el exterior. Para los militares era el enemigo personalizado más característico. Ni siquiera había apoyado el Pacto del Club Naval, con el cual se abrió el camino para las elecciones, de modo que su actitud era radicalmente hostil a las fuerzas militares.

En el Partido Colorado predominaba el batllismo, que había conquistado una gran mayoría en la elección interna de 1982, relegando a los grupos más cercanos al régimen anterior. Era también una corriente opositora, pero había asumido la responsabilidad mayor en la búsqueda del acuerdo para la salida institucional. Esta actitud había sido reconocida por la ciudadanía, que dio la mayoría a la fórmula presidencial Sanguinetti-Tarigo, binomio simbólicamente representativo del Pacto del Club Naval.

Los wilsonistas nos acusaban de "continuistas" por nuestro estilo moderado y, a la vez, nosotros los acusábamos de opositores sin destino, que arriesgaban arrastrar el país a otro desastre...

El Frente Amplio, coalición de las fuerzas de izquierda, con predominio marxista, había participado del acuerdo del Club Naval, donde logró revocar su proscripción política, pero presentaba una actitud francamente adversa a las fuerzas militares. De composición heterogénea, su espectro ideológico incluía moderados grupos demócrata-cristianos o socialdemócratas que convivían con una mayoría marxista muy ortodoxa, donde revistaban comunistas de raíz estaliniana, socialistas leninistas y aun trotskistas. Su líder, el general (R) Líber Seregni, pese a que había sufrido ocho años de prisión, había asumido, desde que fuera liberado, una actitud pacificadora. Si Seregni se hubiera sumado a la actitud radical del Partido Nacional habría sido políticamente casi inviable que pudiéramos nosotros, sólo con el Partido Colorado, salir adelante. No obstante, otro era el momento: la democracia estaba restablecida, las libertades se ejercían, el Frente Amplio ostentaba una importante representación parlamentaria y se agitaban en su seno los hombres y las tendencias políticas más golpeados por el gobierno militar. Los comunistas habían sido proscriptos hasta en la propia elección de 1984, a la cual concurrieron igual bajo el lema de "Democracia Avanzada" y con candidatos novedosos que les ayudaron a ofrecer una mejor imagen, renovadora de la vieja guardia estalinista. Por su lado, los Tupamaros, cuya posición era revanchista sin tapujos frente a las fuerzas militares, si bien no integraban formalmente el Frente Amplio, influían decisivamente en él con su activismo. Sus publicaciones constituyen, hasta hoy, un documento rotundamente expresivo de parálisis en el tiempo.

Por su parte, las fuerzas militares, que habían llegado de buena fe a la salida institucional, comenzaban a sentir inquietud. Veían crecer los ataques, a veces genéricos, a veces personalizados en determinados oficiales, a quienes se endilgaban responsabilidades. Si bien no impugnaban la buena fe del gobierno que se iniciaba, dudaban, en cambio, de sus posibilidades de manejo de la situación. Temían que pudiera verse desbordado y que las mayorías parlamentarias no fueran suficientes para encontrar las soluciones legislativas imprescindibles. Obviamente también se agitaban los militares nostálgicos, que nunca desearon la salida o que sólo la aceptaron a regañadientes; volvían ahora a la carga, responsabilizando a quienes habían dado el paso sin las garantías necesarias.

Alcanzar la calma de todas estas fuerzas encontradas no era tarea simple. A ello nos abocamos con empeño, sintiendo que allí estaba el núcleo de la transición. Si desmovilizábamos los espíritus, si lográbamos alejarlos de la lógica implacable de la confrontación, abriríamos años de paz; de lo contrario, recaeríamos o el país viviría en una zozobra que desprestigiaría a la democracia y gravaría severamente una recuperación económica que demandaba antes que nada tranquilidad.

El Uruguay obtuvo ese resultado y por ello llegó, luego de cinco años, a la elección de noviembre de 1989 en un clima de plena paz, sin amenazas ni sobresaltos. Es más, triunfó la oposición, el Partido Nacional, y ganó la Intendencia de Montevideo el Frente Amplio, sin que nadie sintiera nerviosismo alguno. Se llegó al traspaso del mando presidencial sin la más mínima alteración en el mercado cambiario o en el clima nacional, desarrollándose las celebraciones con elevado estilo cívico.

La evidencia mayor de que el país llegó realmente a pacificarse está en que, conviviendo en la misma ciudad los líderes tupamaros encabezados por Raúl Sendic, Fernández Huidobro y otros, y los líderes militares como el último presidente, teniente general Álvarez, no se registraron episodios de violencia. Ni un atentado ni una pedrada en una ventana. Esto refleja cómo el pueblo mismo protagonizó el proyecto de paz. Podría el gobierno haber puesto en marcha medidas dirigidas a ese objetivo; podría el Poder Legislativo haber dictado las leyes que creyera del caso, pero si el pueblo mismo no se hubiera pacificado, no se habría alcanzado un resultado así. A la inversa, no es imaginable que el pueblo realmente aceptara el proyecto de paz si no hubiera visto en los poderes públicos una actitud clara y honesta; todo lo discutible que sea, porque no hay verdades reveladas al respecto, pero clara y honesta.

La primera medida del gobierno fue, entonces, la amnistía general para todos los presos políticos, o por motivos políticos o delitos conexos con la actividad política. La amnistía comprendió incluso a quienes habiendo salido del país nunca fueron encarcelados, pese a haberse cometido delitos de sangre durante los tiempos del apogeo del terrorismo uruguayo, antes del golpe de Estado de 1973.

Como es natural, esta medida no era simple. En la dirigencia política ella obtuvo un amplio espacio y el 8 de marzo de 1985, a menos de un mes de instalado el nuevo Parlamento y a ocho días de la toma de posesión del gobierno, fue adoptada por una abrumadora mayoría. Una fuerte campaña en favor de una "amnistía general e irrestricta, ¡ya!" creó el clima propicio. La movilización de las fuerzas de izquierda política y del sindicalismo fue vigorosa y la acompañaron vastos sectores de los partidos tradicionales. La duda estaba en si la amnistía debía ser general o exceptuar los delitos de sangre, especialmente cuando se trataba de quienes nunca habían sido juzgados o bien se tuviera la certeza de que los juicios habían sido regulares, como ocurría en el caso de muchos tupamaros presos desde antes del golpe de Estado. Personalmente, yo mismo era partidario de ese criterio en sus inicios.

Los hechos, sin embargo, nos llevaron a evolucionar en la posición. Se veía claro que conservar un núcleo de presos era mantener vivo un foco de irritación, bandera de posibles agitaciones. Eran previsibles manifestaciones en la puerta de la cárcel, con los posibles riesgos de incidentes y —lo que es peor— la sensación de exclusión que podría experimentar un grupo de la sociedad. Su responsabilidad había sido y era enorme, sin duda, pues su violencia contra la democracia fue la que condujo a la desestabilización, pero ubicados a quince años de los episodios, luego de duros años de cárcel en la mayoría de los casos, abocado el país todo a una tarea de reconstrucción, era la hora de privilegiar la paz y apostar a que la generosidad sería prenda de tolerancia.

Esta medida se acompañó de inmediato de otros actos de reparación. Uno muy importante fue la llamada "ley de reposición de destituidos", votada el 25 de noviembre de 1985, que dio normas para reponer en sus cargos a los funcionarios que habían sido destituidos por razones políticas, o bien recomponer la carrera administrativa de aquellos que habían sido postergados en sus derechos de ascenso por las mismas razones. Los funcionarios que no estaban en condiciones de ser restituidos tenían el derecho a recomponer sus jubilaciones como si hubieran trabajado esos años y evolucionado normalmente en sus carreras funcionales. Unos 10.000 funcionarios se beneficiaron con esta ley. De ellos, 3.300 lo fueron en los organismos públicos de enseñanza. A ellos debe añadirse 6.000 personas a las que se reformó su haber de jubilación. .

Esta ley, en su generosa concepción, no tiene precedentes y demandó un enorme esfuerzo económico. Añadamos a ello el problema que representó en la administración el retorno de esos funcionarios, pues donde se habían producido vacantes, una cadena de ascensos las había llenado con funcionarios que naturalmente no tenían la culpa de la situación.

Como era de esperar, hubo protestas de ambos lados. Unos reclamaban rápidas restituciones, a cualquier precio; otros se creían perjudicados por la democracia en virtud de la reaparición de funcionarios de cierta jerarquía, reintroducidos por encima de ellos en los escalafones con base en su antigüedad. Pacientemente, caso a caso, se fue avanzando, y en cinco años el conflicto se superó, quedando un remanente de reclamaciones, entre las cuales la mayoría son las fantasiosas (porque, obviamente, la situación se prestó para que apareciera la industria del perjudicado por la dictadura).

Lo indiscutible es que esta medida dio tranquilidad a mucha gente. Se le quitó la espoleta a una granada de resentimiento que en algún momento hubiera podido estallar. No todo fue justo, por supuesto. Muchos de los que fueron destituidos merecían serlo, ya sea porque se trataba de gente que había llevado la política a la función pública, o simplemente de malos funcionarios a los que el régimen *de facto* había destituido usando facultades extraordinarias, en lugar de sustanciar los sumarios correspondientes, en cuyo caso habría estado en condiciones de probar la ineptitud o delito de los involucrados.

Se llevaron a cabo otros actos de reparación. No bien se instaló el gobierno, a tres días de su asunción, como presidente clausuré, por gracia, los expedientes iniciados en la justicia militar contra Wilson Ferreira Aldunate, el general Seregni y otros dirigentes políticos. También por decreto restituí al general Seregni el grado militar que le había quitado el gobierno *de facto*, luego de declararlo traidor a la institución por su adhesión a una corriente marxista que consideraba incompatible con el juramento militar. La disposición por cierto no agradó a los mandos militares, que respetuosamente me lo expresaron, pero les señalé que no había motivos militares suficientes y en cambio sí poderosos motivos políticos para hacerlo: Seregni había estado ocho años preso sin ninguna causa aparente y salió de la cárcel a predicar la paz y no a buscar el odio, pese a pertenecer a un partido donde revistaban los núcleos más exaltados.

También se dejaron sin efecto las expulsiones del país de numerosos ciudadanos uruguayos y extranjeros, y se autorizó el libre ingreso al país de toda persona que había estado requerida por cualquier tipo de delito conexo con la política.

En el ámbito militar, se derogó la norma legal que había autorizado la posibilidad de retirar coactivamente, y sin invocación de causa a los oficiales superiores. El llamado inciso g había sido el instrumento para el alejamiento de numerosos oficiales, especialmente en la Armada, donde los dos tercios de los capitanes de navío fueron destituidos por razones políticas. Además de la derogación de esta norma, el gobierno procuró simbólicamente reparar el daño moral a esos militares que habían caído por su adhesión al sistema democrático. Uno de ellos, el más simbólico, fue el caso del contralmirante

Juan J. Zorrilla, quien al mando de la Armada resistió en febrero de 1973 el conato de golpe de Estado que preludió al definitivo, y fue luego preso y destituido. Él nos acompañó en las elecciones como candidato al Senado, ganó su banca y más tarde renunció a ella para aceptar la designación que le hicimos de embajador ante la Santa Sede.

Otra medida relevante fue la constitución, en abril de 1985, de la Comisión Nacional de Repatriación, que atendió la situación de los exiliados que retornaban al país después de años de alejamiento. No era sencillo, pues la mayoría eran personas muy radicalizadas en su momento y que volvían con la mentalidad del gueto de exiliados. Queríamos que sintieran que el gobierno no era ajeno a su situación y que en la medida de lo posible ayudaría. Unas 16.000 personas retornaron y de un modo u otro recibieron apoyo. Se trató de facilitarles trámites, el acceso a la vivienda o a beneficios sociales importantes como la atención de la salud. También se llevaron adelante pequeños proyectos de inversión para dar trabajo, o bien se obtuvieron becas para que se reinsertaran en un mercado laboral del que estaban muy alejados. La comisión trabajó cinco años, con apoyo de instituciones del exterior, y concluyó su labor con generalizado reconocimiento. Habrá quienes individualmente puedan no sentirse del todo satisfechos, pero en general, no se oyeron críticas y se tiene la certeza de que mucha gente que podría haber sido ganada para la desesperanza se reinsertó normalmente en la sociedad.

Entretanto, se generalizaban las denuncias contra los militares. Al comenzar el gobierno democrático aquel era un tema previsible pero sin concreción efectiva. El temor todavía pesaba en mucha gente y si bien la transición parecía iniciarse bajo buenos auspicios, en diversos sectores —fuera de izquierda o derecha— se temía una posible reversión. Por cierto no era una posibilidad teórica, ya que a medida que los días pasaban ganaba fuerzas el gobierno democrático y también ánimo los impugnadores de las fuerzas militares.

Se me ha preguntado más de una vez por qué, cuando se decretó la amnistía para los Tupamaros y presos políticos no se incluyó a los militares. La verdad es que la cuestión no tenía entonces la vigencia que cobró después y tampoco existían en el medio político votos parlamentarios para una medida de esa naturaleza. Basta pensar lo que costó llegar a esa amnistía para comprobar lo difícil que era plantear el tema a una clase política que, luego de años de proscripción y maltrato, mantenía vivo el fuego de la pasión. Tampoco en el medio militar había unanimidad al respecto, porque si bien los mandos plantearon la posibilidad de una medida legal de esta naturaleza durante las conversaciones previas al pacto, muchos militares repugnaban ser incluidos en una misma norma junto con aquellos a quienes habían combatido en nombre del Estado.

El hecho es que las denuncias comenzaron a menudear, algunas verosímiles, otras aventuradas, acompañado todo ello por un clima constante de ataque a las Fuerzas Armadas que se hacía sentir sobre los juzgados. Era explicable la pasión de muchos, pero tampoco podía dejar de advertirse el espíritu de revancha de otros, y, sobre todo, la alegre explotación política que hacían muchos cazadores de votos, conscientes de que encontraban allí un fácil filón para un planteo demagógico.

Las tensiones fueron aumentando. El Parlamento montó dos comisiones investigadoras, que no llegaban a alcanzar ninguna prueba, pero que servían de plataforma de lanzamiento para la operación publicitaria.

En agosto de 1986 me encontraba realizando una visita de Estado a Brasil, acompañado por altos dirigentes de todos los partidos, entre ellos el senador Alberto Zumarán, quien había sido el candidato presidencial más votado del Partido Nacional, y el general Seregni. En vuelo interno, en el avión presidencial brasileño, me acercan las noticias del Uruguay. Allí aparecía un episodio, ocurrido la noche antes en la puerta del Centro Militar en la Avenida Agraciada.

Una manifestación, convocada por un irresponsable senador que manejaba una audición radial de mucho impacto en la militancia de izquierda, había llegado hasta las puertas del Centro reclamando "juicio y castigo", consigna que por entonces definió a este grupo de exaltados. Hubo coros, gritos y algunas piedras, pero el episodio no pasó a mayores, a pesar de que en el interior una reunión social convocaba a un elevado núcleo de cadetes y oficiales.

Allí tuve la clara sensación de que no cabían más dilaciones. Hubiera bastado un militar que reaccionara desde una ventana para que tuviéramos muertos en la calle, y esto estaba por encima de cualquier otra consideración.

En el avión mismo reuní a los dirigentes y les dije que mi punto de vista era proponerle al país una amnistía general, que extendiera a los militares la misma generosidad tenida para con los guerrilleros. Tanto el senador Zumarán como el general Seregni plantearon sus dudas, aunque entendieron mi propósito. A mi retorno, solicité una cadena de televisión y allí le expuse al país la necesidad de la amnistía, enviando de inmediato el proyecto al Parlamento.

Enseguida, desde la izquierda, se levantó un coro que comenzó a rasgar sus vestiduras ante la amenaza de "impunidad". Pocas veces me sentí, en los años de gobierno, tan tranquilo con mi conciencia. Estaba dispuesto a tomar personalmente la responsabilidad y así lo expresé. Sabía que si salía adelante le ahorraría al país nuevas y muchas desgracias. Y por ello empeñé todo mi esfuerzo para alcanzar esa meta.

CADUCIDAD Y REFERÉNDUM

> No esperemos a que los hombres de los dos partidos, cegados por sus respectivos intereses, se vayan temerariamente a las manos, los unos con la esperanza de mandar, los otros por temor de ser esclavos. Podéis evitar esta desdicha sin esfuerzo ni gasto, sin peligro ni efusión de sangre, ordenando por decreto el mutuo olvido de todas las injurias. Si hay culpables, no es éste el momento de buscarlos, juzgarlos y castigarlos. No se trata hoy de una causa particular que os exija proceder con todas las formalidades del derecho, sino de asegurar un interés común, la tranquilidad de todos, resultado que obtendréis cerrando los ojos a algunos errores.
>
> MARCO TULIO CICERÓN

LA LEY DE CADUCIDAD de la Pretensión Punitiva del Estado, extensa y circunloquial designación para una ley de amnistía, fue el epicentro del debate de la transición. En torno a ella se discutió sobre los ataques a los derechos humanos en el pasado, en vías de superación, y respecto al papel que las Fuerzas Armadas deberían desempeñar en la renovada democracia.

Formalmente, el tema comienza con un proyecto del Poder Ejecutivo —28 de agosto de 1986— que enviamos cuando advertimos, como ya va dicho, un verdadero riesgo en la situación. Bajo el título de Ley de Pacificación se solicitaba la amnistía de los delitos comprendidos en el período entre el 1 de enero de 1962 y el 1 de marzo de 1985 cometidos por policías o militares en acciones directa o indirectamente vinculadas con la lucha antisubversiva.

Las reuniones realizadas hasta entonces habían sido infructuosas. El último intento había ocurrido un mes antes, con la designación de una comisión de juristas de todos los partidos que con buena voluntad procuró conciliar puntos de vista, pero cuyas conclusiones no resultaban realistas.

En el ámbito judicial los plazos se acortaban. A lo largo de más de un año se habían planteado contiendas de competencia entre la justicia ordinaria, excitada para actuar por las denuncias, y la justicia militar, que reclamaba jurisdicción por considerarse competente para entender en los presuntos delitos cometidos por militares en el cumplimiento de sus funciones.

La Suprema Corte de Justicia entendió finalmente que la competencia era de la Justicia Ordinaria, con lo que el tema entraba en la etapa final: las citaciones a militares a declarar ante los juzgados, con la consiguiente repercusión periodística. Naturalmente comenzaba a tomar cuerpo la posibilidad de un desacato institucional.

Nuestro esfuerzo era incesante, tratando de crear conciencia en el medio político sobre la gravedad de la situación, que había adquirido un inocultable voltaje político. Todo el mundo lo advirtió, pero se sentía preso de viejas declaraciones y nadie daba un paso atrás. Cada día estaba más claro que no vivíamos un debate jurídico ni aun de derechos humanos. Era una situación institucional que tocaba en su esencia el corazón de la transición. ¿Podía juzgarse a militares después de haber amnistiado a terroristas? ¿Qué pasaría si los militares se negaban a declarar y el Estado, a través de sus tres poderes, quedaba impotente para hacer cumplir sus disposiciones? De haber responsabilidad militar, ¿era culpable el militar que se hubiera podido exceder o sus comandantes que dispusieron acciones donde es casi inevitable el exceso? Los militares amnistiados, ¿se constituían por ello en una casta inmune a la fuerza de la justicia? Las instituciones democráticas recién recobradas, ¿soportarían volver al viejo enfrentamiento que las debilitó?

Los funcionarios acusados en diversas denuncias eran aproximadamente 180. Los clubes sociales de las Fuerzas

Armadas emitieron pronunciamientos de solidaridad con aquellos que aparecían todos los días en los diarios más radicalizados, no ya como acusados sino prácticamente como condenados. El comandante en jefe del Ejército se declaraba, por su parte, responsable de la situación. Así me lo hizo saber el teniente general Hugo Medina, figura central de la situación militar y pieza clave en la salida democrática. Con él habíamos conducido las conversaciones terminadas en el Pacto del Club Naval, y yo lo había ratificado como comandante en jefe del Ejército, en la convicción de que era una persona de elevadas condiciones morales y un prestigio militar imprescindible para encarar esta etapa. Él se sentía íntimamente responsable de la situación de sus camaradas por haber prohijado la salida democrática y, en consecuencia, estaba resuelto a asumir personalmente sus consecuencias.

Los generales actuaban con gran disciplina y lealtad, procurando ayudarme en la búsqueda de una solución y manteniéndose en sacrificado silencio. Sin embargo, ellos mismos me decían que sus esfuerzos podían ser estériles si no había una salida política para lo que sentían como una campaña de desprestigio, lanzada por los viejos enemigos de la institución y apoyada ahora por núcleos políticos. Desgraciadamente era así, y el sentimiento legítimo que pudieron experimentar los familiares de víctimas de la represión ya no contaba.

El 1 de diciembre de 1986 convoqué a todos los líderes políticos a una reunión en la Casa de Gobierno. Allí iban a estar los comandantes en jefe para ser interrogados por quien quisiera informarse sobre hechos, sentimientos o posibilidades. En esa reunión aporté un documento muy importante: una declaración de los comandantes en jefe en la que expresaban que las Fuerzas se sentían excluidas de la reconciliación nacional y a la vez, reiteraban su apoyo a las instituciones democráticas. Aludían también a los excesos del pasado y los remitían a la "pérdida de puntos de referencia" a que conducía una situación de conflicto cuando se desbordaba en un estado *de facto*. Este documento, con gran jerarquía, representaba una asunción de responsabilidad y aportaba un valor de buena fe indiscutible. La reunión tuvo la solemnidad propia de un momento que se sentía cargado de peligros y tensiones. Ferreira Aldunate esgrimía toda su perspicacia de viejo parlamentario contra el general Seregni, tratando de demostrar que en el Pacto del Club Naval se había acordado una amnistía militar y que eso lo había aceptado la izquierda a cambio de su reincorporación a la vida política. No era así, pues el tema se había soslayado pero, como dije entonces y se recogió en la propia ley, "la lógica de los hechos" conducía a ese inevitable resultado. Era evidente que nadie se sienta a pactar la salida democrática con los militares pensando en que luego serían ellos puestos en el banquillo (situación muy diferente a la de la Argentina, donde no hubo tal negociación, pues la derrota de las Malvinas condujo al desfonde del régimen y las fuerzas políticas recobraron el poder abruptamente). Decretada, además, la amnistía a los Tupamaros, más evidente aún era esa inercia de los hechos.

Fueron días tensos. El 22 de diciembre de 1986, finalmente, el Senado votó un proyecto nacionalista de caducidad de la pretensión punitiva del Estado, que sustituyó al presentado por el gobierno. En el Senado la votación fue 22 en 31 y en Diputados 60 a 37. Mayorías claras. Para alcanzar ese resultado fue fundamental la actitud de Wilson Ferreira Aldunate. Él había impugnado en su tiempo la posibilidad de una amnistía. Él había estado en contra del Pacto del Club Naval. Llegó incluso a la elección de 1984 preso en un cuartel. Para nadie era más difícil aceptar una amnistía. De allí los vericuetos legales que buscó para no usar esa palabra. Todo eso fue la forma. Lo importante era la sustancia: había llegado a la conclusión de que realmente ni el presidente ni el comandante en jefe estaban haciendo alarmismo, sino que realmente el país viviría una situación institucional muy delicada en caso de seguir adelante los juicios. Su gesto mereció aplausos e impugnaciones. Lo que históricamente nadie podrá negarle es grandeza y patriotismo.

En el enfoque con que el Partido Nacional llegó a proponer esta nueva versión de amnistía había sin embargo un error de perspectiva: reducir la situación a un posible desacato ante las citaciones judiciales. Este no era el tema de fondo, porque aun cuando esos militares fueran a declarar, no habría paz ni tranquilidad. Un ejército excluido del clima de pacificación, acorralado, expuesto al escarnio público cuando sus enemigos —y los de las instituciones— se transformaban en acusadores, sería un tigre enjaulado y azuzado.

Hubo un aspecto que los militares nunca llegaron a asumir claramente: soslayaban de su análisis el hecho de ser responsables de un golpe de Estado. Reivindicar la lucha antisubversiva era lógico; también lo era exigir que no se podía igualar al oficial que defendió el sistema democrático con el guerrillero que trajo la violencia al país. Incluso pedir una comprensión especial para posibles excesos ocurridos en la acción defensiva del Estado era legítimo, pues quien desata la violencia no puede ignorar que ella generará más violencia. Todas esas razones, en cambio, se empiezan a diluir cuando entramos en el período del golpe de Estado. No se puede invocar la defensa democrática en el momento en que se arrasan las instituciones democráticas. Por eso la entrega del poder en forma legítima y negociada fue fundamental para que las Fuerzas Armadas pudieran dejar en el pasado aquel episodio en el que habían caído y comenzar a reconstruir su imagen ante la opinión nacional, dando credibilidad a su posición.

Votada la ley de caducidad, los Tupamaros y otros grupos muy radicales lanzaron inmediatamente la idea de recoger firmas para plantear un recurso de referéndum contra la ley. Ella se corporizó en una campaña en la que se sumaron las fuerzas del Frente Amplio, un sector importante del Partido Nacional, la central sindical y algunos legisladores independientes. A lo largo de un año se hizo la recolección de firmas. La campaña propagandística fue masiva, pero no alcanzaba el 10% del cuerpo electoral necesario para la convocatoria. Sobre la expiración del plazo se presentó un volumen de firmas que hubo que revisar a través de un largo proceso. Finalmente, se convocó el referéndum para el 16 de abril de 1989.

Se llevó a cabo una campaña propagandística enorme por los partidarios de la impugnación. El Estado no hizo propaganda, absteniéndose, del mismo modo que lo había hecho antes, cuando la larga campaña de recolección de firmas.

El resultado fue claro: 54% a favor de la ratificación de la ley. En la misma noche, los miembros de la comisión pro referéndum acataron el pronunciamiento y dieron por terminada la cuestión. Ningún episodio de violencia perturbó el día de la votación ni la campaña previa.

Todos habían tenido la oportunidad de expresarse, las más de las veces, incluso, con pasión. El referéndum operaba como una gran catarsis.

La transición terminó allí. El último problema pendiente de los tiempos de conflicto había sido zanjado, pacíficamente, por la propia ciudadanía. El país estaba ya de cara a la elección nacional, que seis meses después elegiría nuevo gobierno, nuevo Parlamento y nuevas Intendencias Departamentales. La rutina democrática —santa rutina— volvía a su propia inercia.

MORAL PARA TRANSICIONES

> Toda actividad orientada según la ética puede estar
> subordinada a dos máximas totalmente diferentes e
> irreductiblemente opuestas. Ella se puede orientar
> según la ética de la responsabilidad o según la ética
> de la convicción. Esto no quiere decir que la ética de
> la convicción sea idéntica a la ausencia de responsa-
> bilidad y la ética de la responsabilidad a la ausencia
> de convicción. Esto no es cuestionable. En todo caso,
> hay una oposición abismal entre la actitud de aquel
> que actúa según las máximas de la ética de la con-
> vicción —en un lenguaje religioso diríamos: "El cris-
> tiano cumple su deber y en lo que concierne a los re-
> sultados de la acción se remite a Dios"— y la
> actitud de quien actúa según la ética de la respon-
> sabilidad, quien dice: "Nosotros debemos responder
> de las consecuencias previsibles de nuestros actos".
>
> MAX WEBER

¿QUÉ SE HACE con el pasado? ¿Se investiga y juzga caso por
caso, puntualmente, ejerciendo con pulcritud la justicia propia de una democracia en tiempos normales, o se cubre todo
con un gran manto de perdón, aunque no de olvido, para vol-
car la nación a la búsqueda de su presente y la cimentación
de su futuro?

En la primera opción se corre el riesgo de anclar el debate nacional en los temas del pasado y aun de reproducir sus
conflictos, reavivadas las viejas pasiones y los viejos enfrentamientos. En la segunda, el peligro es herir el natural sentimiento de justicia que reclama el juzgamiento de todo delito
y el castigo de cada culpable.

El razonamiento debe partir de considerar que estos delitos sobre violaciones de los derechos humanos o excesos en

el ejercicio de los poderes estatales de represión no son crímenes individuales, sino que se trata de hechos generados en una situación de conflicto colectivo. No puede aplicarse el derecho penal ordinario, porque no se trata de una persona o grupo de personas particularizado que comete un delito dentro del orden social y jurídico vigente; estamos ante un enfrentamiento que envuelve a toda la nación y que no es el resultado de una acción dolosa de alguien, sino de una fuerza social que supera los individuos y disloca el orden normativo por la caída del estado de derecho. En algunos casos puede hablarse de guerra civil, en otros de guerrilla revolucionaria, en otros de golpe de Estado. En cualquier hipótesis, son todas situaciones *de facto* y fenómenos colectivos, de naturaleza política: la intencionalidad es política, su ejecución también.

Tampoco podemos juzgar la situación en nombre de la moral individual, que reprueba todo acto de violencia. Tenemos que pensar en términos de moral colectiva, donde juegan otros factores que hacen al conjunto de la sociedad. El bien común le llamarán los católicos, el interés general dirán los liberales, el orden público podrán denominarlo los conservadores. Más allá de matices o denominaciones, se trata de un valor colectivo, imprescindible para organizar la vida en sociedad y permitir así que cada existencia individual o familiar transcurra en los términos de estabilidad y paz imprescindibles. No podemos ignorar que la violencia normalmente no ha tenido un solo origen, sino que diversos grupos enfrentados han recurrido a ella.

Ubicados en ese terreno, nace de allí la posibilidad de las amnistías. Las constituciones democráticas prevén siempre estos institutos de clemencia soberana (amnistía, indulto, gracia) como instrumentos de pacificación. Esto contesta el argumento simplista de que ningún episodio delictivo, o exceso, puede quedar impune, sustrayéndolo a la justicia. Si fuera así siempre y universalmente no existirían estas previsiones constitucionales, establecidas precisamente para dar solución política a un conflicto político. ¿O es que alguien cree que una guerra puede estar sometida a un examen legal y a una decisión judicial? Se trata de enfrentamientos sociales, de naturaleza política, que sólo pueden resolverse, en sus consecuencias (ya que no evitarlos), mediante el empleo de estos recursos extremos.

Estas relaciones entre la ética y la política constituyen uno de los fenómenos de nuestro tiempo y no son problemas pequeños en época de transición. Por un lado, el desarrollo de la psicología y el auge de la economía han desvalorizado la meditación ética, que ya ni los religiosos practican demasiado. Por otro, la "desideologización" del mundo revaloriza una visión ética de la política, a la que el ciudadano se introduce con muy poco bagaje y en la que caen y recaen los propios políticos confundiendo términos. Se habla en términos absolutos, y no se distingue bien entre la búsqueda orientada por los grandes principios éticos y las diversas morales profesionales, que imponen ciertas conductas a los individuos.

Aquí entramos en otro orden de razonamiento: estas medidas, aun políticas, no puden herir otros principios en juego como la equidad. Las amnistías hemipléjicas, que miran un costado de la situación, no son equitativas. Así hemos visto, sin embargo, plantear las cosas muchas veces. En el Uruguay mismo lo padecimos: durante la reapertura democrática, ríos de tinta en los periódicos y de pinturas en las paredes reclamaban una "amnistía general e irrestricta ya"; obtenida que fuera para los guerrilleros y otros presos políticos, se comenzó a negar la posibilidad de que abarcara a militares y policías. Obviamente esta es una visión inequitativa. No pueden perdonarse los excesos de unos y los de otros no. Si todo apunta hacia la búsqueda de una reconciliación nacional, ¿cómo puede ella fundarse sobre bases tan discriminatorias?

Suele decirse en estos casos que resulta diferente la violencia privada de la violencia del Estado. Algunos juristas sostienen que debe considerarse que si la lucha armada suscita ineluctablemente una respuesta de la misma naturaleza por parte de las autoridades, sólo esta forma de violencia de Estado es admitida por el derecho internacional, excluyendo toda forma de represión que recurra a la tortura, a las desapariciones o a las ejecuciones extrajudiciales. Esto es lógico, pero añaden que la violencia es ciertamente practicada por las partes en conflicto, mientras que la tortura y las desapariciones —para sólo hablar de éstas— son practicadas, en general, en un único campo y siempre el mismo: el campo del Estado. Concluyen entonces que es difícil —por lo menos en lo que respecta a las prácticas inhumanas en el sentido consagrado por el derecho internacional, tales como las torturas o las desapariciones involuntarias o forzadas— admitir la noción de "amnistía recíproca" allí donde la reciprocidad de situaciones no existe.

El razonamiento parte de una base falsa: que usualmente sólo el Estado practica la desaparición, asesinato o tortura. En el Uruguay la guerrilla hizo juicios sumarios y asesinó (llamándoles "ejecución"), raptó, secuestró y encerró a personas que de milagro preservaron su vida o salud psíquica, hundidos en sórdidos escondrijos bajo tierra, sin luz y casi sin aire a los que llamaron "cárceles del pueblo". Un médico hasta llegó a eliminar a un desgraciado peón de campo con una inyección de Pentotal por el solo delito de haber visto a Tupamaros, sin siquiera saber quiénes eran, en uno de sus refugios rurales.

De modo que la reciprocidad existía, y ella no es un fenómeno exclusivamente jurídico sino también moral. Cabe agregar otra consideración muy importante: no es lo mismo agredir que defenderse. La defensa, aun violenta, puede ser legítima si es una respuesta equivalente a la agresión que se sufre. Cuando un guerrillero se arma contra el Estado en tiempos de democracia y libertad política, está actuando —más allá de las leyes— con arrogancia y mesianismo, en desprecio del pueblo que elige los gobernantes. Es natural —es deseable incluso— que el Estado reaccione y pueda defenderse. Es posible que en esta reacción haya excesos, pero si los hay no merecen mayor condena que la ofensa inicial; o se los trata igual o, en caso de establecerse distinciones, parecerían moralmente más benignos desde el punto de vista social, puesto que no han partido de un designio inicialmente doloso o interesado.

Cuando estamos en una dictadura o Estado totalitario la situación es distinta. Quien previamente toma las armas en esos casos actúa movido por un propósito político respetable, aun cuando la forma de protesta sea violenta. En el Uruguay no se dio esta situación porque los guerrilleros Tupamaros sólo actuaron contra la democracia, a la que dañaron y debilitaron, y cuando ésta cayó ya habían sido desmantelados por las Fuerzas Armadas, exiliándose en el exterior su mayor contingente. Parecida insensatez es la que anima hoy a los grupos violentos que actúan en Chile, cuando un ejemplar gobierno encamina el país por el sendero democrático.

Una razonable pregunta general es: ¿cómo es posible que la justicia, el esclarecimiento de la violación de derechos humanos y su natural castigo, puedan significar un ataque a la institucionalidad o al orden público? Por la sencilla causa de que estamos ante los resultados de un conflicto político, de una guerra civil o algo análogo. Cuando esos hechos o violaciones aparecen aislados, resultancia de la acción de minorías opuestas al sistema, es una cosa, pero cuando estamos ante enfrentamientos que envuelven a núcleos importantes de la sociedad o a las instituciones mismas del Estado, cuando tenemos en presencia —vigentes en el país— las mismas fuerzas, a veces los mismos protagonistas de las viejas luchas, estamos ante el riesgo de reproducir el conflicto. ¿Es lógico ignorarlo y poner de nuevo en riesgo a toda la sociedad?

Cuando en marzo de 1985 se votó en el Uruguay la amnistía a guerrilleros y presos políticos se le dio un alcance general y sin restricciones. Ello iba mucho más allá del proyecto que el Poder Ejecutivo había enviado el primer día de su gestión. Este no incluía los delitos de sangre y el Parlamento igualmente los perdonó. El Poder Ejecutivo podía vetar parcialmente la ley y debatir con el Parlamento o bien acatar ese pronunciamiento, que había contado con gran mayoría. Optamos por lo último, privilegiando la búsqueda de la paz. No podíamos ignorar que nuestro veto, por más a conciencia que fuera, por más que aportara buenos argumentos y doctrinas, introducía un enfrentamiento con el Parlamento; tampoco podíamos ignorar que ello excitaría los ánimos y que, en definitiva, íbamos a tener una agitación permanente en torno a esos presos, a los que se reivindicaba por el ángulo del sacrificio: los años de prisión y los malos tratos recibidos en muchos casos justificarían la amnistía. Eso lo sentía de buena fe mucha gente. No era sensato ignorarlo. Del mismo modo, no podíamos ignorar que la fuerza militar, convencida de que sus acciones, aun con excesos, habían estado orientadas a la defensa del Estado, se iba a sentir herida y produciría en su seno reacciones de diversa índole.

Imposible, entones, eludir la realidad social. No buscar una solución legal terminaba por convertirse en un escapismo, y se supone que el legislador o administrador público están para prevenir cuando el riesgo está a la vista.

Esta es la razón, en definitiva, por la cual siempre han existido amnistías después de los períodos de violencia. La historia universal está llena de esos episodios y la uruguaya registra 22 leyes de esa naturaleza. "La amnistía ha sido la solución tradicional en nuestro país", dice el historiador Juan Pivel Devoto en una obra específica sobre la amnistía en la tradición nacional. Francisco Bauzá, otro gran historiador uruguayo del siglo pasado, dice al respecto:

> Los errores políticos son errores disculpables cuando se operan dentro de las contiendas sociales; porque nadie tiene suficiente calma y desapasionamiento para ser actor y juez imparcial en una cuestión política. De manera que eso cae de suyo bajo el criterio común de una amnistía o de un indulto, que siempre es acto necesario después de las grandes conmociones.

Si nos remontamos hacia el pasado lejano, podemos recordar a Cicerón, luego de la muerte de Julio César. El Senado se reunía reasumiendo sus facultades históricas, pero en la calle, amenazantes, las legiones de César esperaban definiciones. Dijo entonces, refiriéndose a la necesidad de cuidar la libertad reconquistada:

> Tal era hace poco tiempo el estado de la República que se doblegaba al yugo de los que con las armas en la mano nos dictaban nuestras decisiones, en lugar de dejarnos prescribir lo que habían de hacer. Hoy han cambiado las cosas: nuestros decretos son nuestros, dictados de veras por nosotros mismos; somos libres de elegir la paz con la libertad o la guerra civil con la tiranía. Sea cualquiera la disposición que hoy decretéis, será para todos regla de conducta. Y siendo así, pienso que es absolutamente necesario borrar toda especie de discordia, olvidar todos los resentimientos, abjurar de todas las enemistades, para volver a la paz, a la amistad, a la unión de los antiguos tiempos. A falta de otros motivos, bástenos recordar que cuando esa unión reinaba entre nosotros, ella nos daba la fuerza y la puja, ella fue el origen de nuestras conquistas, de nuestras riquezas, de nuestra gloria y de nuestro poder; y no olvidemos que cuando aquella unión se trocó en disensiones intestinas, dejó de engrandecerse el imperio y cada día se debilitaba.

Mucho más cerca en el tiempo está España, cuyo ejemplar proceso de transición ha sido fuente constante de inspiración. Allí se amnistiaron todos los delitos y faltas de intencionalidad política, sin distinguirse hechos ni autores. Los más diversos sectores de la vida española se sumaron al espíritu de la amnistía, y conste que ella alcanzó entre otros a militares y policías acusados de torturadores.

Un diputado comunista, Marcelino Camacho, dijo en ese momento:

Nosotros considerábamos que la pieza capital de esta política de reconciliación nacional tenía que ser la amnistía. ¿Cómo podríamos reconciliarnos los que nos habíamos estado matando los unos a los otros si no borrábamos ese pasado de una vez para siempre?... Queremos cerrar una etapa, queremos abrir otra. Nosotros los comunistas, precisamente, que tanto hemos sufrido, hemos enterrado nuestros muertos y nuestros rencores... Pedimos amnistía para todos, sin exclusión del lugar en que hubiera estado nadie.

El diario *El País*, de Madrid, escribió entonces en un editorial:

La amnistía es un acto excepcional, justificado por la razón de Estado y por la necesidad de hacer borrón y cuenta nueva de acontecimientos tan cruentos y dolorosos para un pueblo como es una guerra civil —una guerra entre hermanos— y una larga dictadura. La España democrática debe desde ahora mirar hacia adelante, olvidar las responsabilidades y los hechos de la guerra civil, hacer abstracción de los cuarenta años de dictadura. La mirada hacia el pasado sólo debe tener como propósito la reflexión sobre las causas de la catástrofe y la forma de impedir su repetición. Un pueblo ni puede ni debe carecer de memoria histórica; pero ésta debe servirle para alimentar proyectos pacíficos de convivencia hacia el futuro y no para nutrir rencores hacia el pasado.

Miles de páginas igualmente inspiradas podían traerse a cuenta. Cuarenta años de dictadura mantenían muchas heridas abiertas, algunas muy cercanas. Por cierto estaban lejos los episodios de la guerra civil pero no las torturas y ajusticiamientos sumarios. Sin embargo, España dio vuelta la hoja, como más de una vez dijo el presidente del Gobierno español, Felipe González, y construyó una democracia que nunca antes había conocido plenamente.

Hay quienes dogmáticamente insisten en la necesidad de

justicia a cualquier precio. No parece moralmente sustentable. La justicia es un valor, pero también lo es la paz. No es posible sacrificar la paz para hacer justicia. Primero porque no está demostrado que ésta valga más que aquélla. Segundo porque no tendría sentido hacer justicia para atrás —que es lo irreversible— cuando la volvemos a comprometer hacia adelante, que es lo manejable. Ante el conflicto, la verdadera justicia es la paz, porque es la única posible. Y si ella supone perdón, pues bienvenido el perdón. Como magistralmente dice Weber, no es aceptable éticamente desentenderse de las consecuencias previsibles de la propia acción.

No es despreciable pensar, además, que tratándose de conflictos de naturaleza política, difícilmente es posible llegar a una administración de justicia pulcra y objetiva. El clima creado por la opinión pública, la presión abierta o subliminal de la prensa, el propio pasado del juez que toma la causa (y que acaba de asumir su oficio, imbuido de la restauración democrática, o que convivió con la dictadura y tiene necesidad de demostrar su independencia de criterio), son factores que pesan. Realmente no hay derecho a reclamarle a un juez que, Código en mano, resuelva un conflicto de naturaleza política. Si nos halláramos ante delitos comunes no estaríamos en este orden de preocupaciones. Si todo tiene un sesgo tan particular es por la naturaleza política de estos fenómenos de violencia. Un conflicto político sólo tiene resolución política y así ha de entenderse.

Un argumento muy usual, y de aceptable intencionalidad moral, es que, siendo necesario prevenir la reiteración de excesos, no se puede desarrollar la conciencia de la impunidad. La experiencia histórica nos dice lo contrario. Si las condenas tuvieran un valor ejemplarizante, la pena de muerte no sería ineficaz, como se ha visto en aquellos Estados que la mantienen para los delitos de mayor gravedad, cuya reiteración prosigue.

Cuando se desea evitar excesos represivos lo que debe prevenirse es la reaparición de la violencia, sea de finalidad política o social. Si nadie ejerce la violencia nadie reprimirá. Desgraciadamente la violencia es tan perturbadora y persistente en América Latina que cuesta ser optimista, pero debe tenerse la franqueza de reconocer que lo único efectivo para prevenir los excesos represivos es que no haya objeto de represión. Por ley no se impedirá la guerra; por decreto no se borrarán sus efectos.

Se dirá que la violencia ha aparecido muchas veces como reacción ante dictaduras políticas o situaciones de injusticia social. Lo primero es verdad en algunos casos y ello ha dado mérito a revoluciones, que culminan siempre, precisamente, con una amnistía. La violencia como respuesta social ya es otra cosa, porque cuando hay democracia política no puede aceptarse bajo condición alguna que un grupo salga a sustituir la voluntad popular que se expresa en elecciones e imponer por la fuerza su particular concepción de justicia.

Suele hablarse de la necesidad de que por lo menos se conozca la verdad. El propósito es loable y debe intentarse. Pero hay que tener conciencia de que esa búsqueda puede resultar tan conflictiva como el ejercicio mismo de la justicia, y que ella tampoco puede ser ilimitada en el tiempo. Pasó en el Uruguay con las Comisiones Investigadoras del Parlamento, que no encontraban evidencias y seguían y seguían a la búsqueda de lo que a todas luces se veía imposible, por la sencilla razón de que en estos casos casi nunca se deja el rastro y el que pudiera haber resulta difícil de hallar luego de años. El problema entonces es no caer en la trampa de seguir indefinidamente paralizados en el debate del pasado.

Nuestra experiencia ha sido la de la historia: a grandes males, grandes remedios; a grandes odios, grandes perdones; a profundos dolores, la mayor generosidad posible. Podrá a veces no bastar. Pero donde no pudo el perdón tampoco hubiera podido la justicia a todo trance, porque son casos en los que el conflicto no estaba terminado y no cabía entonces otra cosa que negociar un armisticio o dilucidar el conflicto.

Naturalmente, esa experiencia no es una receta milagrosa, aplicable con sus soluciones específicas a todos los casos. La particularidad política es una condición propia de cada configuración nacional y debe reconocerse para encontrar también la solución que responda a la sensibilidad de esa sociedad, a su tradición y a la relación de fuerzas que ella muestra. Lo que sí es universal es el espíritu para enfrentar la situación. Si no hay real espíritu de reconciliación y auténtica voluntad de perdón, así como voluntad de sacrificio, resulta muy difícil alcanzar la paz. Todos hemos de estar dispuestos a renunciar a algo de nuestro punto de vista, y nadie tiene derecho a pretender sacarse las ganas.

La ética en juego es política y no individual; o esto lo entendemos como tal o nos perderemos en el camino.

EL UNIFORME Y EL TRAJE

> El soldado de oficio adquiere un poder cada vez más
> grande a medida que el coraje de una colectividad
> declina.
>
> GILBERT K. CHESTERTON

UNO DE LOS MAYORES vacíos en la formación de la dirigencia
latinoamericana es su escasísimo conocimiento del tema militar. A los políticos impregnados de una concepción liberal
de la vida, los años de dictadura les provocaron una actitud
de alejamiento y aun de rechazo a la materia. Impensada-
mente, como resultado de ese desinterés, la guerra ha ido
quedando reservada en forma exclusiva a los militares, y de
allí a que resulte muy difícil la subordinación al poder consti-
tuido de un gobierno de derecho no hay más que un paso. Se
habla en voz baja, como de un tabú, pese a que se trata nada
menos que de la administración del uso del poder coactivo
del Estado, algo consustancial a su propia existencia.

Esta situación se da en América Latina en general, a pesar de los tantos años en que las fuerzas militares han opera-
do como factor político, cuando no de gobierno mismo. No es
tan paradójico como parece en la medida en que el civil se ha
sentido amenazado y desarrolló una especie de anticuerpo
alérgico, correspondido a su vez con otro de igual signo en di-
rección inversa. Los militares no ven en general a los políticos como personas con la disciplina de conducta, el concepto
de autoridad y la seriedad en la función necesarios para manejar asuntos tan graves como aquéllos en que les correspon-
de intervenir. Excepcionalmente llegan a respetar a algunas
figuras políticas, cuando habiendo ejercido la Presidencia
—que supone el mando superior de las Fuerzas— lo han hecho con autoridad y respeto hacia ellas.

En el Uruguay también ha sido así, aun cuando puede señalarse en el Partido Colorado un mayor interés por el tema, resultado de su largo período de ejercicio del poder. Los años de la dictadura y la posterior transición no han mejorado demasiado este panorama. Los políticos que se interesan son los de la izquierda marxista, para atacar, o bien algunos de los partidos democráticos a quienes aquélla acompleja y responden con una visión reformista de los institutos militares totalmente desconectada de la realidad. A la inversa, otros, desde la derecha, actúan como un mero movimiento reflejo, defendiendo a las Fuerzas Armadas, pero sin elaborar una posición inteligente, capaz de ser sustentada con éxito.

En el Uruguay, sin embargo, en el medio militar mismo es donde se ha percibido mucho mayor interés para lograr que los dirigentes políticos se interesen en la vida de la institución. Incluso se llegó a constituir en el Ministerio de Defensa un grupo de oficiales retirados, especializados en participar en los seminarios académicos, que en los últimos años han proliferado. Esto último es también muy curioso: se advierte más interés académico que político.

El panorama no es demasiado distinto en el resto de los países. En la Argentina, vastos sectores políticos aparecen muy alejados de la vida militar y en ocasiones hasta enfrentados. En Brasil, donde los partidos de escala nacional son muy débiles, se reitera la situación y lo mismo podríamos decir de casi todo el resto de América Latina. Quizá Venezuela sea una excepción, pero ésta proviene más de un interés militar en divulgar los problemas de su especialidad que de la vocación política por ellos.

Con ese telón de fondo de desencuentro, es previsible la dificultad para manejar el tema en un período en que se proyectan sobre el presente las turbulencias del pasado.

El mayor problema para la dirigencia política está en entender que unas Fuerzas Armadas que han ejercido el poder no emergen luego idénticas a sí mismas. Es más; puede decirse que ese proceso de transformación está muy cercano a la experiencia de la acción antisubversiva. Una guerra en la que el ingrediente ideológico era muy importante, es evidente que estaba llamada a producir también en las Fuerzas Armadas una politización muy fuerte, como instrumento psicológico y doctrinario para poder vencer.

Con simplismo se piensa en el medio civil que la subordinación, elemento tan consustancial a la estructura militar, se logra fácilmente desde el gobierno, y que, a su vez, los mandos superiores la proyectan hacia abajo. Basta pensar en los dramáticos episodios de sublevación producidos en la Argentina durante la administración del doctor Alfonsín —con los consiguientes cambios en los mandos— para advertir esta dificultad.

Las Fuerzas Armadas, y en especial los ejércitos, son organizaciones verticalizadas en las que la subordinación es fundamental, pero esto no funciona así después de un período de ejercicio político. La propia acción antisubversiva lleva al militar a una hiperpreocupación política, y la descentralización táctica que se da en ese tipo de combate conduce a generar un oficial de difícil disciplina. Esta evolución ha estado en el núcleo perturbador que condujo a muchos ejércitos al golpe de Estado, como pasó en el Uruguay claramente. Si luego de una etapa así sobreviene el ejercicio directo del gobierno, es natural que no nos encontremos con unas Fuerzas Armadas tradicionales.

Las Fuerzas Armadas que enfrentaron la guerrilla desplegaron una doctrina de guerra revolucionaria que, sobre la base francesa de los tiempos de Indochina y Argelia, llegó más tarde al desarrollo de la llamada "doctrina de la seguridad nacional". Nuestra experiencia en aquellos años mostró muy claras esas influencias. La novela *Los Centuriones*, de Jean Larteguy, fue en la década del setenta un *bestseller* militar indiscutido. De manera que se llega al golpe de Estado como una prolongación natural de la lucha misma. Ante una subversión aparentemente incontrolada, ante un enemigo que está en todas partes y cuenta con poderosa ayuda, los militares ven débiles a las instituciones civiles y muy especialmente al dirigente político, al que sienten en exceso prudente, cuando no vacilante o aun complaciente. Llegan a creer que, ante la necesidad de victoria, cualquier medio es utilizable.

Hoy está claro el peligro de esa visión, de esa actitud y de la generalización de esas doctrinas de guerra permanente. Sin embargo, advertir este error no debe llevar a otro de signo contrario: ignorar que los militares llegaron a esa situación en el curso de un enfrentamiento para el que no estaban bien preparados ni ideológica ni psicológica ni aun tácticamente, o ignorar también que encontraron allí la fuente de legitimación para su irrupción en la vida política, con un sentimiento que permanece intacto. Muy pocos militares son los que dicen, en Uruguay, Chile o Brasil, que se arrepienten del golpe de Estado en que participaron o de la etapa de gobierno militar que vivieron, incluso aquéllos que apoyan sinceramente una transición institucional. No lo dirán públicamente, pero así lo sienten. Y esto es preciso tenerlo en cuenta. No se está ante un arrepentido; se está ante alguien que en circunstancias análogas procedería igual, aunque crea que esa etapa está superada y desee sinceramente que no se vuelva a producir.

El político suele equivocarse a este respecto. Sigue viendo un golpista agazapado o un militar democrático que se halla más cerca del medio político que de su institución. Ambos pueden existir, pero no es en ellos donde se asentará una transición firme. Con el primero, por ser un nostálgico del poder; con el segundo, porque su politización ha debilitado su profesionalidad militar y muy fácilmente perderá pie ante sus camaradas. En ese aspecto resulta de enorme valor el documento ya citado, presentado por las Fuerzas Armadas uruguayas al presidente de la República en noviembre de 1986 para facilitar el camino a la ley de amnistía.

Donde el militar suele equivocarse es en la reivindicación o el disimulo de su pasado golpista y en minimizar las heridas que ha dejado su paso por el poder. Ubicado en defensor del Estado frente a la subversión, el militar latinoamericano tiene una argumentación legítima y hasta convincente; la pierde, en cambio, cuando la extiende sobre el período dictatorial y no advierte que el sentimiento republicano y democrático de la gente es muy fuerte como para soslayar esa situación. Por más violaciones que haya sufrido el programa democrático fundado por los Libertadores, sigue integrando nuestra cultura y nunca dejará de ser pecado el golpe de Estado, por más aparentes explicaciones que lo puedan rodear. Lo mismo ocurre cuando se dejan en el pasado las consecuencias del ejercicio absoluto del poder. Por su propia formación —preparado para asumir la guerra— y por su concepción doctrinaria de la guerra antisubversiva, que puede incluir hasta la toma del poder, el militar da por superada esa etapa y no advierte la vigencia que mantiene en el espíritu y la memoria de la gente. El funcionario destituido o al que se le impuso una disciplina militar ajena a la función civil, el familiar del que padeció la represión, el joven estudiante que sufrió acosos o golpes en alguna manifestación, el político que vio derrumbarse su mundo y con ello frustrarse sus expectativas personales y hasta su propia subsistencia, olvida con mucha lentitud. Ha sido un trauma muy fuerte y cuesta superarlo. Se precisa mucha grandeza de espíritu o, en cualquier caso, cierto tiempo.

Un tema muy destacado en esta relación con las Fuerzas Armadas es la actitud ante las divisiones, inevitables en los años de desplazamiento del eje militar a la preocupación cívica. Esto es muy común.

En la Argentina no se recuerda un momento, en los últimos 60 años, en que no se dibujaran claramente por lo menos dos tendencias.

En el Uruguay, pasado el trauma del golpe de Estado de 1973, que ciertamente dejó de lado a quienes se oponían, parecía que una unidad monolítica preservaría a las Fuerzas; no sucedió así y, a poco de andar, se llamó a unos "gorilas" y a

otros "peruanistas". Los primeros atenidos a la concepción de
Fuerzas que intervenían para restaurar el orden y retornaban a su profesionalidad, como un capítulo más de su lucha
contra la subversión marxista; los segundos, influidos en
aquel entonces —todavía— por la actitud socializante y nacionalista del general Velasco Alvarado en el Perú. En el momento de la búsqueda de una salida democrática es normal
también que vuelvan a darse divisiones entre los que se
mantienen en una posición política y quienes representan
una actitud profesionalista. Aquéllos permanecen con su fanatismo doctrinario antisubversivo, mientras los últimos di-
sienten, convencidos de que lo mejor para la institución es
preservarla de esa politización excesiva.

Está en la sustancia de las relaciones humanas el hecho
de que, en el proceso de búsqueda de una salida, se produz-
can aproximaciones personales y políticas entre quienes de
un lado u otro, están en la misma actitud. Obviamente ello
aleja a los que son adversarios o reticentes a la salida, aunque es un error creer que todo esto se cristaliza hacia adelante.

Habitualmente, cuando las Fuerzas Armadas se alejan
del poder comienzan los ataques desde afuera y ello vuelve a
cohesionarlas. Durante un tiempo podrán convivir las viejas
tendencias pero comenzarán a diluirse en la medida en que
se va produciendo el retiro de los viejos jefes y en que las críticas reavivan el espíritu de cuerpo, tan afín a la mentalidad
militar. Resulta entonces un juego peligroso apostar a las divisiones. Cuando ellas se producían en unas Fuerzas Arma-
das-partido que ocupaban el poder, era ingenuo no aprovechar esa circunstancia, de estricta naturaleza política. En
cambio, cuando se vive un período de normalización democrática —o de lisa y llana normalidad— es muy peligroso ju-
gar a la división entre militares. Nunca es bueno estimular
las divisiones entre las diversas armas, que tienen rivalida-
des clásicas y hasta ciertos prejuicios. Una actitud respetuo-
sa ante la relación de fuerzas entre ellas preserva la neutra-

lidad del poder civil y no desgasta al presidente; en definitiva, mantiene el clima indispensable para que si esas Fuerzas tienen que actuar lo hagan de un modo profesional y subordinado. Cuando en la cadena normal de mandos se introducen otras solidaridades, de tipo político, se debilita claramente la eficacia de la institución.

Hay un único modo de preservar la institución armada de los "fundamentalistas" o "carapintadas" (como se les ha llamado en la Argentina): cuidar que esas cadenas de mando funcionen con naturalidad a partir de un fortalecimiento adecuado de los comandantes en jefe y oficiales superiores. A la vez, dotar a las Fuerzas de unidad de doctrina y de una conducción con línea estratégica clara. Para ellas no hay nada peor que no tener bien dibujada su estrategia o borrosa la lealtad a la institución de sus mandos superiores (el primero, el presidente).

La doctrina militar pasa a ser entonces un tema importante, tanto en el período de transición como en el futuro. La confusión que pudieron haber producido los años de enfrentamiento a la subversión marxista o de ejercicio del poder tienen hoy, además, otro elemento muy significativo: la caída de los sistemas comunistas.

Hasta hace poco se especulaba con la tesis de que se trataba de un repliegue circunstancial del que rápidamente se retornaría. La unidad alemana, la desaparición de la República Democrática Alemana, es lo suficientemente expresiva como hecho político para demostrar lo contrario. Por supuesto, nadie puede asegurar que todo irá bien en la Unión Soviética, pero a esta altura no es realista continuar especulando con la hipótesis de un Gorbachov que sólo pretende maquillar el viejo comunismo. Las modificaciones ya introducidas y los costos políticos efectivamente pagados son demasiado fuertes para no apreciar que estamos realmente ante un intento de profundidad. Los movimientos subversivos, financiados, preparados o alentados desde el mundo comunista carecen ya de metrópoli y las posibilidades de surgimiento de la guerrilla en el mundo se emparientan más con el fundamentalismo islámico o con situaciones locales.

La estrategia defensiva de lucha contra un enemigo internacional, el marxismo-leninismo, que mantuvieron fielmente las instituciones armadas, cede paso —necesariamente— a otra visión. Que haya movimientos marxistas violentos o de permanente agitación antidemocrática es otra cosa. Ello ocurre, pero ya no se trata del fenómeno bélico global que se visualizaba antes. El desafío ahora es construir una doctrina consistente de seguridad para la democracia, que ubique a las Fuerzas Armadas en su papel militar al servicio del Estado y de una institucionalidad democrática asumida como filosofía nacional.

No se puede ignorar que nuestros ejércitos no son iguales a los de los países europeos de Occidente, herederos de las tradiciones monárquicas y sin una presencia política del tipo de la que tienen en América Latina. Aquí los ejércitos nacieron con la Independencia —o con una revolución fundacional como en México— y es natural que se sientan depositarios de los valores esenciales de la nacionalidad. El concepto de profesionalidad no hace neutra la actitud ante esos valores, que introducen un ingrediente político de carácter muy particular. Ello lleva a que su actuación en el escenario político no exhiba los mismos títulos que un partido. Aun el ejército brasileño, que no nace como fuerza popular revolucionaria porque la independencia del país tiene su liderazgo en la propia monarquía, se identifica con esos mismos valores nacionales y siente como propias vastas empresas políticas como la de la unidad del Estado Federal. Este sentimiento tiene su patología y es el desarrollo de un chauvinismo que autoconcede al militar un monoplio de la defensa de los valores nacionales; el modo de combatir la enfermedad no es negándola sino corrigiéndola y dando a la política el sentido nacional que posee por naturaleza, elevándola por encima de las disputas partidistas y los enfrentamientos mezquinos.

Ingenuamente se plantea con frecuencia en ámbitos

parlamentarios la idea de reformar los planes de estudio de las escuelas militares a través de algunas injerencias políticas que los puedan modificar, insuflándoles una visión del mundo más civil y democrática. Usualmente se necesitan cambios, en particular en la línea de modernización, pero esa idea de "civilizar" a los militares es una contradicción en sí misma: la formación militar tiene una especificidad que no puede desnaturalizarse. El moralista que desembarca en esos temas y lee sobre planes estratégicos y juegos de guerra, empieza por horrorizarse ante la muerte y destrucción que supone el empleo de la fuerza porque tiene otro esquema mental. He aquí el desafío, desde siempre, de organizar fuerzas militares. La cuestión, entonces, no es imaginarse que vamos a hacer de un militar un funcionario público como cualquier otro. Esto no se puede ni se debe hacer. De lo que se trata es de formar un combatiente con profesionalidad técnica, profundamente consciente del poder que la sociedad ha puesto en sus manos para defenderla. Se requiere una muy sólida formación moral para que esa fuerza destructiva sólo se emplee conforme a los procedimientos previstos, en las circunstancias previstas y en beneficio de quien la sustenta, o sea la República. Se trata de una misión muy especial, mucho más cercana en su formación a la del religioso o a la del científico, también poseedores de enormes poderes —uno espiritual, otro material— que son imprescindibles pero que, mal empleados, poseen una capacidad de daño ilimitada (pensemos en los fanáticos fundamentalistas o en los investigadores genéticos nazis).

En el fondo, esa visión partiría de una idea negativa sobre la existencia misma de los ejércitos: como resignadamente se advierte que no es posible deshacerlos, se repliega el razonamiento sobre el sucedáneo de una estructura sin verdadera sustancia militar.

Encarar la temática militar dentro de los programas de las colectividades políticas o los planes de las administraciones, pasa por dilucidar claramente esa situación. Si una sociedad no comprende de modo inequívoco la presencia de sus Fuerzas Armadas y el sentido de sus papeles, difícil resulta luego organizarlas. Una adecuada definición sobre el principio facilita los desarrollos posteriores.

Ubicados en este terreno, es imprescindible afirmar que las Fuerzas Armadas representan un elemento fundamental de la construcción de cualquier Estado. No es imaginable el ejercicio soberano del poder del Estado sobre un territorio determinado sin los instrumentos adecuados para la eventualidad de tener que defenderlo en los hechos. La integridad de cualquier Estado implica la necesidad de estar dispuesto a defender su identidad.

Con relación a países pequeños como el Uruguay, se ha dicho a veces que este principio no es válido ya que la desproporción de fuerzas frente a cualquier adversario eventual hace ilusorio ese potencial defensivo que, además, es enormemente caro. No nos parece convincente el argumento: un país pequeño, precisamente por pequeño, debe estar en condiciones de defenderse más que cualquier otro; de lo contrario, será fácil blanco de cualquier aventura o apetencia. La escasa magnitud de sus fuerzas, insuficientes para un enfrentamiento global con los hipotéticos enemigos, obliga también a desarrollar una política internacional activa que asegure diplomáticamente el concurso de aliados imprescindibles. Sin embargo, si a estos aliados no se les ofrece las condiciones de resistencia mínimas para que puedan hacer llegar su ayuda, difícilmente esta política internacional tendrá sustancia práctica. El reciente episodio de la invasión de Kuwait por Irak es ampliamente testimonial al respecto: si el pequeño Kuwait hubiera podido resistir la invasión apenas 48 horas, se habría modificado totalmente el escenario.

Asumir, entonces, la defensa nacional como una obligación de todo Estado, lleva al compromiso de organizar Fuerzas Armadas aptas para ese ejercicio y compenetradas con la idea de que su servicio, siempre sacrificado, está a la orden de las instituciones democráticas que forman parte del ejercicio de la soberanía nacional. Si la sociedad se ha autodefinido como democrática, y se ha autodeterminado al respecto, el primer deber del soldado es la defensa global del sistema. No es aceptable el militar que limita su papel a la defensa de la soberanía territorial y no lleva su deber a las instituciones democráticas que configuran no sólo un sistema de gobierno sino un estilo de vida. Tampoco es aceptable la visión política que quiere limitar las Fuerzas Armadas a un adoctrinamiento democrático y al desarrollo de tareas civiles, en desmedro de su imprescindible y prioritaria formación militar.

Las Fuerzas Armadas pueden y deben colaborar con tareas de desarrollo o de administración. No es sano que todo el caudal de energía y organización de que disponen esté subutilizado. Pero no pueden confundirse los términos otorgándole prioridad a aquello que es secundario.

Una adecuada definición de estos aspectos es fundamental para que cualquier democracia se proyecte hacia el futuro con tranquilidad, sin fantasmas, sin tabúes. Las exigencias de la sociedad moderna, especialmente en los países pobres, obligan a limitar al máximo las inversiones militares. Por eso, ellas deben estar adecuadamente planificadas. No hacerlo, o confundir los términos de referencia, es introducir en la estructura institucional un vicio de cimentación.

Si algo hace falta hoy, con urgencia, para alcanzar la limitación de una carrera de armamentos, es resolver las disputas de frontera entre los estados de América Latina. Esa tarea es política y no militar; marca un desafío muy específico. Nadie tiene derecho a reclamar la disminución de la inversión militar si antes no ha hecho todos los esfuerzos necesarios para superar esas situaciones, que están en la base del legítimo reclamo de las Fuerzas Armadas de estar preparadas para enfrentar eventualmente las consecuencias militares de esos problemas diplomáticos.

Alcanzada la resolución de dichos conflictos, mucho más fácil será encarar la estructuración moderna de Fuerzas Armadas más pequeñas, bien equipadas, que por su propio tamaño no serán un factor de desestabilización interna, pero que a la vez cumplirán el papel eficaz de preservación de la sociedad de la que emanan.

LAS EXIGENCIAS DE LA GOBERNABILIDAD

El análisis comparativo de los regímenes de Occidente revela una contradicción insuperable entre la expresión de opiniones y la expresión de voluntades. La primera exige que numerosos partidos se ofrezcan al voto de los ciudadanos a fin de que cada uno pueda elegir un candidato muy próximo a sus preferencias. Ella implica también que las bancas adjudicadas sean exactamente proporcionales a los sufragios recibidos. La segunda (la expresión de voluntades) tiene necesidad de mecanismos contrapuestos. Para que los electores puedan imponer el gobierno de su elección y éste tenga el medio de obrar durante toda la legislatura, son necesarios partidos reducidos en número, dotados cada uno de una fuerte disciplina y dispuestos según un sistema bipolar. Expresar una opinión es votar por lo deseable. Expresar una voluntad es votar por lo posible. El primero es un comportamiento infantil, sólo el segundo es adulto. Entre ellos existe toda la distancia que separa el principio del placer del principio de la realidad.

MAURICE DUVERGER

PASADO ESTE TIEMPO de transiciones ¿qué vendrá? ¿Podrá la democracia latinoamericana consolidarse definitivamente y erigirse en el asiento de una próspera empresa de desarrollo?

Esa es la pregunta que todos nos estamos haciendo desde hace tiempo y que nos conduce también a mirar hacia atrás. Porque en algunos estados del hemisferio el fenómeno militarista fue la simple expresión de una inestabilidad política endémica que venía desde la propia Independencia, pero en otros —los del Cono Sur— fue una ruptura, un quiebre en un proceso democrático largo y aparentemente estable, construido sobre clases medias relativamente educadas y modernas. En aquéllos es más profundo aunque más claro: una sociedad primitiva no ha podido alcanzar las bases mínimas de organización de un estado de derecho y el militarismo es una primaria respuesta orgánica, estatal, ante la anarquía caudillista o semifeudal. En los otros, en cambio, es el debilitamiento de un sistema que pareció haber llegado a la madurez y se resquebrajó.

¿Qué le pasó al Uruguay de los años setenta para caer en un clima de agitación social, violencia política y finalmente dictadura? ¿Qué le ocurrió a Chile? Eran países con larga trayectoria cívica, una clase política cultivada, un desarrollo relativo pero destacable en el hemisferio.

Da la impresión de que sobre el fin de los años cincuenta, terminada la posguerra, estos países no supieron adaptarse económicamente a las circunstancias de un mundo más competitivo, vivieron un clima de reclamo social muy agudo, las clases medias se refugiaron en utopías voluntaristas sin asumir las exigencias del cambio, las minorías radicalizadas cayeron en el mesianismo violento y los partidos políticos se fragmentaron, resultando impotentes para asegurar la gobernabilidad del sistema.

El proceso argentino comenzó mucho antes, en los años treinta, y tiene también todas las características de una situación de agotamiento. Edificada bajo el liderazgo ilustrado y conservador de la generación del 80, la próspera Argentina de entonces, con niveles de ingreso más elevados que Estados Unidos y la mayoría de los europeos, no entendió los vientos de cambio social. El esquema conservador se repitió a sí mismo, se encerró en su pasado éxito. No aceptó el acceso de las masas al manejo político, no reconoció que la riqueza acumulada imponía reformas sociales protectoras. Y allí comenzó un juego dialéctico de protestas airadas y respuestas autoritarias.

Si en la raíz de la caída estos fueron los problemas, ¿por qué ahora las clases políticas tendrán mejor adaptación al cambio y la sociedad más comprensión para los sacrificios de un mundo mucho más exigente? Porque la experiencia es la mayor fuente de conocimiento y cabe pensar que sociedades recién salidas de tan largas crisis no quieren recaer.

Europa maduró en su idea de unidad luego de la tragedia de la guerra, de la destrucción, de la miseria. Aprendió lo poco que valía mantener vivos nacionalismos trasnochados, edificados detrás de reivindicaciones fronterizas, ante la magnitud del desafío de unirse para ser algo y alguien en un mundo de superpotencias.

España maduró también. Todos temíamos a lo que pasaría luego de Franco. Sin embargo, y quizás acicateada por ese mismo temor a hacer reales los viejos fantasmas del odio y la guerra, observamos una transición ejemplar. Problemática, con traumatismos, pero en definitiva fecunda estación intermedia hacia una España democratizada y europeizada.

Se aprendió que el desarrollo no era cuestión ajena sino propia. Asombra hoy medir el poco dinero que aportó el Plan Marshall; apenas si configuró el incentivo necesario para desencadenar las fuerzas del cambio que estaban latentes y debían desarrollarse. En Europa no se contaba con el fanatismo japonés, que no podía darse (la cultura, la psicología, son demasiado diferentes), pero la conciencia del esfuerzo y la mentalidad productiva despertaron energías creadoras. Y ellas generaron las respuestas políticas adecuadas, aun con problemas como lo demuestran los avatares de la vida del general De Gaulle.

¿Han madurado nuestros pueblos? El estudio del fenómeno de la gobernabilidad está a la orden del día y justamente es el testimonio de esa preocupación. Ante todo se encuentra la necesidad de que haya un consenso en la sociedad sobre la forma de gobierno. Sin duda se ha avanzado en esta dimensión. Salvo algunos radicalismos marxistas leninistas que no pasan de ser islas, el consenso democrático se ha hecho mucho más fuerte tanto hacia la izquierda como hacia la derecha. Obviamente en esto influye el mundo contemporáneo, con la caída de los regímenes marxistas en Europa del Este, la consolidación democrática de Europa y el avance que en general ha tenido América Latina. Las aventuras parecen agotadas y ya no encarnan con la facilidad con que lo hacían en los tiempos de protesta de los años sesenta.

El Estado como organización adolece de una severa crisis. Erigido a principios de siglo en un instrumento de protección social, ha devenido él mismo parte del problema. Su crecimiento exagerado, la ineficiencia de su gestión en sectores industriales o comerciales, el burocratismo con su consiguiente esclerosis, obligan a profundas reformas. Y ello resiente el *statu quo*. Los adversarios de ayer son los adoradores de hoy y quienes construyeron este enorme aparato encarnan en general la función parricida. Es el caso del PRI en México, de Acción Democrática en Venezuela, del peronismo en la Argentina, que hoy privatizan lo que ellos mismos nacionalizaron antes. Ese coraje intelectual y político resulta alentador, porque traduce capacidad de respuesta. Pero no es sencillo. Las tendencias conservadoras son muy fuertes, demasiada gente se ha acostumbrado a la sensación de seguridad, aunque no de prosperidad, que ofrece "el ogro filantrópico" y no desea correr los riesgos de una sociedad competitiva.

Los partidos, como consecuencia de esa crisis estatal y de la declinación de los debates ideológicos, viven hoy una situación de crisis interna. Las certezas de ayer son las dudas de hoy. Pero si nos estacionamos en éstas no avanzamos hacia mañana, y cada vez estamos más lejos de los japoneses y los alemanes en términos de conocimiento y desarrollo.

Recientes elecciones en diversos países han sido expresión de esa situación. Los fenómenos Fujimori en Perú o Collor de Melo en Brasil desbordaron a los partidos. Los fenómenos Menem en el peronismo argentino o Gaviria en el liberalismo colombiano arrasaron con las viejas dirigencias. La sensación de inseguridad que da todo cambio en el Estado, la pérdida de referencias ideológicas, la ansiedad de clases medias que desean rápidamente acceder a los frutos del bienestar, desordenadamente se traducen en nuevas expresiones políticas.

Esta crisis partidaria se proyecta sobre la eficacia del sistema político, que suele acusar disfuncionalidades. Por ejemplo, el desfase entre elecciones presidenciales y otras, sean nacionales, parlamentarias o provinciales, obliga a los gobiernos a vivir un tiempo electoral permanente, muy distinto del tiempo de gobernar. La calma necesaria para administrar, que de por sí exige encauzar la presión de reclamos desbordantes, se hace inmanejable con las urgencias de las campañas electorales.

Se ha comenzado a discutir mucho las relaciones entre poderes y existe una corriente de opinión, bastante fuerte en círculos académicos, que aboga por la parlamentarización del régimen, estimando que el presidencialismo ha fracasado en América Latina y debería pensarse en un sistema más flexible. La premisa es discutible y la conclusión quizá mucho más, porque cuesta creer que en países de tradición republicana y caudillista pueda el parlamentarismo dar eficacia y seguridad al gobierno. Pero más allá de este análisis se realizan debates muy profundos, reveladores de la necesidad de adaptar estructuras.

Se siente la necesidad, en la sociedad, de revalorizar los sectores privados, las organizaciones intermedias, las modalidades de participación. La ola democratizadora no se detiene en el sistema político. Desea llegar a toda la sociedad. Esto tiene un riesgo que es una peligrosa tendencia al corporativismo: donde se aleja al Estado se instala un grupo de interesados, con la misma pasión monopólica y la semilla también de la enfermedad burocratizadora, como ya se experimentó en las décadas de 1920 y 1930. El desafío, entonces, está en concebir un Estado más descentralizado y una sociedad más participativa sin caer en esa tentación.

Asegurar la gobernabilidad, más allá de disfunciones del

sistema, supone apuntar a un sistema político más flexible, menos asfixiante de la actividad privada y motivador de la participación del ciudadano. Pero, en definitiva, todo esto debe cimentarse en el desarrollo de la sociedad. No podrá pensarse en una consolidación real del sistema democrático si realmente no se logra una mayor eficiencia económica y, como consecuencia, una mejor eficacia social. En esa perspectiva, Europa nos está mostrando su experiencia.

La empresa del desarrollo nos enfrenta a las limitaciones de que adolecen nuestros países. Cuesta mucho imaginar una real expansión industrial y agrícola sin el acceso a los nuevos aportes de la ciencia y la tecnología. Difícilmente podamos obtenerlos plenamente a través de la investigación propia, aun cuando exista la necesidad imperiosa de desarrollar la formación en esas áreas para saber absorber lo que se ofrece en el mercado. Salvo episodios concretos, la tecnología a la que se accede es la que las multinacionales manejan y distribuyen en su estructura, o bien aquélla que necesariamente tienen que transferir los vendedores de equipos. De modo que es impostergable realizar un enorme esfuerzo, prioritariamente en aquellas áreas como la agricultura, en que las tecnologías no son universales y las condiciones ecológicas modifican su empleo.

Debemos crear una cultura para el desarrollo y la democracia. Así como hay una fuerte actitud psicológica hacia el cambio, no está claro que su orientación sea adecuada y racional. En la industria persisten tendencias a reclamar el paternalismo estatal; núcleos de funcionarios públicos se abroquelan detrás del *statu quo*; los productores agrícolas se sienten justificadamente agraviados por el proteccionismo de la Comunidad Europea, pero en el fondo reclaman con envidia uno igual para sí; los sindicatos siguen prefiriendo la reivindicación salarial a la discusión sobre productividad y los demás factores que le pueden dar vida estable a la empresa de la cual viven. Todos patrocinan el cambio, pero a partir del sacrificio del vecino.

En nuestros países el empresario no es el personaje respetado —y aun admirado— que han generado las economías desarrolladas. El hombre común desconfía de él y los medios políticos pactan con él por necesidad, sin descubrir cabalmente la significación social de su papel como actor principal de desarrollo. En los últimos años quizá sea Chile el país que ha logrado cambiar más, pero ha sido como consecuencia de un fenomenal *shock*, configurado primero en el intento de construir una economía socialista en los tiempos de Allende y un drástico retorno a la economía de mercado bajo Pinochet. La combinación de ambos períodos ha generado, en veinte años, la irrupción de un empresariado con mentalidad realmente competitiva e internacional. La pregunta es si habrá que atravesar por traumas de esa magnitud, para que se entienda la necesidad del cambio, o si podrá una educación cívica alcanzarlo por la persuasión y la cultura.

No tenemos derecho al pesimismo, aunque sea un pesimismo inteligente. Más allá de estos problemas y limitaciones, es preciso reactivar la cultura democrática. En todos los ámbitos debe entenderse que la libertad política es compatible con la disciplina social, que la tolerancia es la única actitud espiritual para procesar las diferencias de criterio, que la pobreza debe superarse con el esfuerzo continuado de la sociedad, y no con la explosión revolucionaria. Los derechos humanos sólo resplandecen cuando la democracia es estable y hay paz; cuidémoslos, entonces. Una y otra vez se ha querido buscar más allá de la democracia y una y otra vez se ha fracasado en el intento. Luchemos dentro de la democracia, de su espíritu, de su filosofía, no solamente en el plano de la acción política sino en la empresa, el sindicato, el centro de estudios, la familia misma. Hagámoslo con racionalidad, comprendiendo sus reglas, entendiendo las responsabilidades que nos impone sin paralizarnos por el temor de ahogarnos en la impaciencia. Tan maligno es el arrebato sindical como el conservadorismo empresarial, la demagogia política como el nihilismo periodístico, el utopismo económico como el inmovilismo social. Cambiemos, cambiemos siempre. Renovemos, renovemos siempre, pero sabiendo qué, cómo y para qué cambiamos; qué, cómo y para qué renovamos.

ÍNDICE

Este libro se terminó de imprimir
en los Talleres Gráficos LITODAR,
Viel 1444, Capital Federal
en el mes de junio de 1991